cass

Ae-ran Kim

Lauf, Vater, lauf

Neun Erzählungen

Aus dem Koreanischen
von Inwon Park

cass

Dallyeora Ahbee
by KIM Ae-ran

Originally published in Korea by Changbi Publishers, Inc.

German translation rights arranged with Changbi Publishers, Inc.,
through KL management

The German edition is published with the support of the
Literature Translation Institute of Korea (LTI Korea)

ISBN 978-3-944751-02-3

Erste Auflage 2014

Lektorat: Hans Peter Jugl
Umschlag: Holzschnitt von Frank Eißner, Leipzig
Umschlaggestaltung: Artographie-Werkstatt Christiane Schlütter, Weimar
Satz: Satz für Satz. Barbara Reischmann, Leutkirch
Druck und Bindung: CPI – Ebner & Spiegel, Ulm

Printed in Germany

www.cass-verlag.de

Lauf, Vater, lauf

Inhalt

Lauf, Vater, lauf

Als ich ein Embryo war, mit einer Gebärmutter winziger als ein Samenkorn, musste ich dauernd weinen aus Angst vor dieser kleinen Dunkelheit in mir. Damals, als ich ganz klein war und runzlige Falten hatte und ein kleines, schnell schlagendes Herz, und mein Körper, da er so etwas wie Sprache noch nicht kannte, weder ein Gestern noch ein Morgen besaß.

Es war meine Mutter, die mich darüber in Kenntnis setzte, dass ein Leib, der keine Sprache kennt, in der Welt ankommt wie ein Brief. Allein in einem Souterrainzimmer brachte sie mich zur Welt. Es war ein Sommertag, die Sonne fiel steif ins Zimmer wie ein Blatt Glanzpapier. Meine Mutter, die nur oben herum bekleidet auf dem Zimmerboden lag und sich vor Schmerzen wand, hielt in Ermangelung einer Hand, nach der sie hätte greifen können, krampfhaft eine Schere umklammert. Draußen vor dem Fenster waren Beine von Passanten zu sehen, die wer weiß wohin unterwegs waren, und jedes Mal, wenn meine Mutter den Drang verspürte zu sterben, stach sie mit der Schere auf den Boden ein. Nachdem mehrere Stunden auf diese Weise verstrichen waren, durchschnitt sie anstelle ihrer Kehle meine Nabelschnur. Kaum in der Welt draußen angekommen, glaubte ich taub zu werden, da ich plötzlich das Herz meiner Mutter nicht mehr hörte.

Das erste Licht, das ich nach meiner Geburt erblickte, hatte exakt die Größe eines Fensterrahmens. Auf diese Weise wurde mir bewusst, dass es außerhalb von mir existierte.

Ich erinnere mich nicht, wo mein Vater damals war. Er war immer irgendwo, aber jedenfalls nicht bei uns. Entweder kam er dauernd zu spät oder gar nicht. Meine Mutter und ich hielten uns, die schlagenden Herzen aneinander gepresst, eng umschlungen. Meine Mutter strich mir, die ich splitternackt war und ernst dreinschaute, mit ihrer großen Hand mehrmals über das Gesicht. Ich mochte meine Mutter, aber weil ich keine Worte dafür hatte, schnitt ich dauernd Grimassen. Ich stellte fest, dass meine Mutter umso öfter lachte, je mehr ich das Gesicht verzog. Da kam mir der Gedanke, dass Liebe womöglich nicht bedeutet, gemeinsam zu lachen, sondern dass eine Seite sich lächerlich macht.

Meine Mutter schlief ein. Mir wurde einsam zumute. Die Welt aber stand still; unverändert lag das Stück Sonne auf dem Boden, gleich dem höflichen Brief eines Geliebten, mit dem man nicht mehr zusammen ist.

Anstand – das war das erste Unbehagen, das ich auf der Welt erlebte. Ich hatte keine Taschen, in die ich meine Hände hätte stecken können, also ballte ich sie zu Fäusten.

*

Wenn ich mir meinen Vater vorstelle, taucht jedes Mal eine Szene auf. In dieser Szene rennt er. In knallrosa Shorts, unter denen seine hageren, dicht behaarten Beine hervorschauen. Der Anblick meines Vaters, wie er beim Laufen, den Rücken ganz gerade, die Knie in die Höhe schnellen lässt, hat etwas

Lächerliches an sich, so wie der Gesichtsausdruck eines Verwaltungsbeamten, der sich pedantisch an eine Regel hält, die niemanden schert. In meiner Vorstellung rennt mein Vater seit über zehn Jahren ununterbrochen, mit stets gleicher Miene und Haltung. Beim Lachen entblößt er auf dem rot erhitzten Gesicht seine gelblich verfärbten Zähne. Das Ganze sieht aus wie ein schlecht gemaltes Bild, das ihm jemand aufs Gesicht geklebt hat.

Ich war der Ansicht, dass nicht nur mein Vater, sondern im Grunde jeder Mensch im Moment der sportlichen Betätigung etwas Lächerliches an sich hat. Deshalb fand ich den Mann, der im Park um die Ecke an einer Kiefer Bauchtraining machte, oder die Frauen, die beim Gehen in die Hände klatschten, immer peinlich. Beides soll ja gesundheitsfördernd sein. Aber diese Leute waren stets mit großem Ernst und Eifer bei der Sache. Als müsse man sich eben ein wenig lächerlich machen, um gesünder zu leben.

Ich habe meinen Vater nie rennen sehen. Und doch war er für mich immer ein Läufer. Vielleicht rührt diese Vorstellung von einer Geschichte, die mir meine Mutter vor langer Zeit einmal erzählte. Als ich sie zum ersten Mal hörte, schrubbte meine Mutter gerade auf einem Waschbrett, das sie sich zwischen die Beine geklemmt hatte, Wäsche. Es schäumte gewaltig. Weil sie beim Schrubben unentwegt schnaufte, sah sie wütend aus.

Mein Vater soll kein einziges Mal für meine Mutter gerannt sein. Nicht als sie sich von ihm trennen wollte, nicht als sie ihm sagte, er fehle ihr, nicht als sie mich zur Welt brachte. Manche Leute nannten ihn vornehm, aber meine Mutter hielt ihn für einen Schwachkopf. Selbst wenn sie sich vornahm, nur noch einen Tag, nur noch heute auf ihn zu warten, kam er einen Tag zu spät. Immer kleinlaut, immer abgezehrt. Angesichts seiner verlegenen Blicke war es stets meine Mutter, die als Erste etwas Scherzhaftes sagte. Mein Vater versuchte weder, sich herauszureden, noch spuckte er große Töne. Er war einfach nur *da*, schmallippig, das Gesicht von der Sonne verbrannt. Ich könnte mir vorstellen, dass mein Vater vielleicht zu der Sorte Mensch gehörte, die Angst hat, abgewiesen zu werden. Jemand, der nicht kommt, weil es ihm leid tut. Jemand, der immer mehr Situationen heraufbeschwört, die ihm leid tun. Jemand, dem es nachher wirklich so leid tut, dass er den Entschluss fasst, lieber ein schlechter Mensch zu sein als ein Trottel. Ich glaube allerdings nicht, dass mein Vater ein so guter Mensch war, dass er hatte ein schlechter Mensch werden wollen. Wahrscheinlich ist er wirklich ein schlechter Mensch gewesen, der anderen das Gefühl gab, *sie* hätten etwas falsch gemacht, obwohl eigentlich *er* schuld war. Noch heute bin ich der Meinung, dass der schlechteste Mensch auf Erden jemand ist, der schlecht und mitleiderregend zugleich ist. Aber wie soll ich wissen, was für ein Mensch mein Vater war? Er hat nur ein paar Tatsachen hinterlassen. Und wenn es Tatsachen sind, die am besten etwas über jemanden aussagen, dann ist mein Vater ganz sicher ein schlechter Mensch gewesen, aber wenn nicht, dann kenne ich ihn noch nicht. Wichtig ist hier jedenfalls, dass mein derart langsamer Vater sich ein einziges Mal zusammengerissen hat und gerannt ist. Damals wohnte er noch nicht lange in Seoul, wohin er aus der Provinz gezogen war, um Geld zu verdienen.

In Seoul fand er eine Anstellung in einer Möbelfabrik. Heute kommt es einem vielleicht merkwürdig vor, dass jemand wie mein Vater auf die Idee gekommen sein soll, des Geldes wegen seine Heimat zu verlassen. Aber im Grunde war er nur dem Weg gefolgt, den andere vor ihm auch gegangen waren. Mit meiner Mutter wechselte er ab und zu Briefe. Er war stets derjenige, der mehr schrieb, denn meine Mutter war wütend auf ihn, weil er ohne sie nach Seoul gegangen war. Eines Tages stand sie vor seiner Tür. Nach einem heftigen Streit mit meinem Großvater, mit dem sie ohnehin auf Kriegsfuß stand, war sie von zu Hause ausgerissen. Nur anhand der Adresse auf dem Briefumschlag hatte sich meine Mutter durch die labyrinthisch verschlungenen Gassen bis zu dem Haus durchgeschlagen, in dem mein Vater in einer Mietgemeinschaft wohnte. Sie wusste nicht wohin und wollte nur wenige Tage bleiben. Mein Vater jedoch hatte etwas anderes im Sinn. Vom ersten Tag an umwarb er sie vehement. Was vielleicht auch verständlich war, da er jung war, vor Virilität nur so strotzte und zu zweit, aber getrennt, in einem Zimmer mit dem Mädchen schlafen sollte, das er gern hatte. Die Bettelei, die Gereiztheit und das Imponiergehabe meines Vaters hielten einige Tage an. Bis meine Mutter Mitleid mit ihm bekam und vielleicht – zumindest an jenem Tag – auch den Gedanken in Erwägung zog, *für den Rest ihres Lebens diesen Mann zu ertragen*. Schließlich gab sie nach. Unter der Bedingung, nur dann mit ihm eine Decke zu teilen, wenn er die Pille herbeischaffe, jetzt und sofort.

Von da an rannte mein Vater. Er nahm seine ganze Kraft zusammen und rannte Hals über Kopf vom Armenviertel oben am Berghang bis zur Apotheke im Stadtzentrum. Er strahlte über das ganze Gesicht und war so rot, als müsste er dringend austreten, und als ein Hund seinetwegen zu bellen begann, stimmten sämtliche Hunde in der Gegend in das Gebell ein. Mein Vater rannte und rannte. Die Erregung ins Gesicht geschrieben, mit flatterndem Haar, im Flug über Treppen und durch die Dunkelheit, schneller als der Wind. In der Eile stolperte er über ein Holzkohlenbrikett, das jemand weggeworfen hatte, und fiel hin, stand aber, von Kopf bis Fuß mit weißer Asche bepudert, sofort wieder auf und rannte sich die Lunge aus dem Leib, nicht ahnend, welche Richtung ihm der Ort, dem er gerade entgegenrannte, später einmal weisen würde.

Ob mein Vater jemals wieder so schnell gerannt ist wie damals, in jenem Augenblick? Wenn ich ihn mir vorstelle, wie er, um meine Mutter in die Arme nehmen zu können, das Armenviertel wie im Flug hinter sich lässt, bekomme ich Lust, ihm, der sicher nichts gehört noch gesehen hätte, zuzurufen: »Nicht schlecht, Papa!«

Mein Vater soll an dem Tag derart übereilt zurückgerannt sein, dass er sich in der Apotheke nicht ausführlich über die Einnahmemodalitäten der Pille informierte. Meine Mutter habe meinen ascheweißen Vater gefragt, wie viele sie jeweils einnehmen müsse, woraufhin er sich am Hinterkopf gekratzt und erwidert habe: »Ich glaube, zwei …« Meine Mutter habe dann in den folgenden Monaten regelmäßig zwei Pillen täglich geschluckt. In jenen Monaten sei ihr der Himmel merkwürdig gelb erschienen, und ihr sei andauernd übel gewesen. Eines Tages – meine Mutter hatte sich inzwischen in der Apotheke informiert und die Pille auf eine pro Tag herunterdosiert, musste aber regelmäßig die Eisschicht des Waschkübels draußen im Hof aufbrechen, um sich heimlich im Mondschein den Intimbereich zu waschen, zuckte dabei jedes Mal vor Kälte zusammen und vergaß deshalb an manchen Tagen, die Pille zu nehmen – wurde sie schwanger, und mein Vater beim Anblick ihres schwellenden Bauches zusehends blasser. Einen Tag, bevor er Vater wurde, ging er dann von zu Hause fort und kam nicht mehr zurück.

Laufen, sagt man, sei die beliebteste Sportart, man könne es immer und überall betreiben. Es sei ein Ganzkörpersport, eine Mischung aus Gehen und Rennen, die das Herz-Kreislauf-System stimuliere und so strapazierfähiger mache. Es erfordere keine besondere Technik oder hohe Geschwindigkeit und habe den Vorzug, nicht an Ort und Klima gebunden zu sein. Vor allem aber sei Laufen ein Sport, der Ausdauer verlange. Das alles ist gut und schön, nur was ich davon halten soll, dass der Mensch, der mich verlassen hat, an einem Ort weit weg von mir herumrennt und das mit einer solchen Energie, das weiß ich nicht.

Mein Vater war von zu Hause fortgegangen, um zu laufen. Das beschloss ich zu glauben. Dass er weder in den Krieg gezogen war noch eine andere Frau begehrt hatte, auch in kein fremdes Land gegangen war, um dort in der Wüste Pipelines zu legen. Dass er bloß anscheinend beim Weggehen vergessen hatte, seine Uhr mitzunehmen.

Ich habe einen Vater. Er ist bloß nicht hier. Er läuft unentwegt. Ich sehe, wie er in knallrosa Shorts gerade an Fukuoka vorbei über Borneo hinweg auf das Royal Greenwich Observatory zuläuft. Ich sehe, wie er gerade um die linke Pfote der

Sphinx biegt, in der hundertzehnten Toilette des Empire State Building einen kurzen Zwischenstopp einlegt und die Bergkette der Sierra de Guardarrama auf der iberischen Halbinsel überquert. Auch in stockfinsterer Dunkelheit kann ich ihn gut erkennen, dank seiner allzeit glänzenden knallfarbenen Shorts. Mein Vater läuft, ohne dass ihm jemand Beifall klatscht.

*

Meine Mutter zog mich mit Scherzen auf. Zwei Fingerbreit ihres Humors genügten, um mich, ein schwermütiges Kind, wieder aufzurichten. Wenn ich ihr Fragen über meinen Vater stellte, konnte dieser Humor unglaublich vulgär sein. Über den Vater zu sprechen war für mich kein Tabu. Das Thema wurde nur deshalb nicht oft angeschnitten, weil es für uns keine große Bedeutung hatte. Trotzdem fragte mich meine Mutter in gelangweilten Momenten manchmal: »Weißt du eigentlich, wie oft ich dir schon von deinem Vater erzählt habe?« Ich zog dann den Kopf ein und antwortete: »*Alji* – ich weiß …«, worauf sie entgegnete: »*Alji* bedeutet Schwanz ohne Haare«, und in schallendes Gelächter ausbrach. Daher begann ich, es für anstößig zu halten, wenn jemand behauptete, etwas zu *wissen*.

Das größte Erbe, das mir meine Mutter hinterlassen hat, besteht darin, nicht in Selbstmitleid zu baden. Meine Mutter hatte mir gegenüber weder Schuldgefühle noch Mitleid. Dafür war ich ihr dankbar. Denn ich wusste, dass Leute, die mich fragten, ob alles in Ordnung sei, sich in Wirklichkeit nur nach ihrem eigenen Wohlbefinden erkundigten. Die Beziehung zwischen meiner Mutter und mir war weder eine heilversprechende noch eine mitfühlende, dafür aber eine gleichberechtigte, wie bei Stehplatzkarten.

Auch wenn ich Fragen sexueller Art stellte, gab mir meine Mutter immer großartige Antworten. Als vaterloses Kind hatte ich viele Fragen. Einmal sah ich einen Mann, der aufgrund eines Verkehrsunfalls hinkte, und fragte meine Mutter: »Wie hat der wohl Geschlechtsverkehr?« Sie sah mich schief an und erwiderte brüsk: »Treibt man es etwa mit den Beinen?«

Auch als sich bei mir die Milchdrüsen in der Brust bildeten, zeigte meine Mutter keine Fürsorge, sondern erlaubte sich Späße. Sie gab vor, sich bei mir einzuhängen, um dann mit ihrem Ellbogen gegen meine Brust zu drücken. Ich riss mich dann zwar jedes Mal schreiend los, fand aber, dass das leichte Stechen, das mir durch die Brust fuhr, ein sehr wohliges Gefühl war.

Außer mir gab es noch eine Person auf der Welt, die um den Charme meiner Mutter wusste. Das war mein Großvater mütterlicherseits, der zeitlebens kein gutes Verhältnis zu meiner Mutter hatte. Ich habe kaum Erinnerungen an ihn. Nur dass er an mich, das vaterlose Kind, nie ein einziges Wort gerichtet hat und überall hemmungslos über meine Mutter herzog, das ist alles. Ich fand meinen gutaussehenden Großvater irgendwie sympathisch, er aber hatte für mich weder Lob noch Tadel übrig. Womöglich war ich in seinen Augen einfach zu klein und daher unsichtbar. Aber eines Tages sprach er mich an. Er hatte Mohnblütensud getrunken und war ausgesprochen guter Laune. Er starrte mich eine Weile an und fragte schließlich: »Wessen Tochter bist du?« Ich antwortete laut: »Die Tochter von Jaok Cho!« Großvater tat, als hätte er nichts gehört, und fragte erneut: »Wessen Tochter bist du?« Noch lauter als vorher brüllte ich: »Die Tochter von Jaok Cho!« Als wäre er taub, fragte er: »Wie? Wessen Tochter?«, und ich hüpfte begeistert auf und ab und brüllte: »Von Jaok Cho! Die Tochter von Jaok Cho!« Ich hatte das Gefühl, für immer und ewig so auf dem Betonboden meiner Kindheit herumbrüllen zu können. Erst da erwiderte Großvater: »Ach so, du bist also Jaoks Tochter« und machte ein betrübtes Gesicht. Dann fragte er plötzlich wütend: »Weißt du eigentlich, was für ein liederliches Frauenzimmer deine Mutter ist?« und breitete in allen Einzelheiten die Übeltaten meiner Mutter vor mir aus. Mit großen, aufmerksamen Augen lauschte ich. Großvater zog einige Male über meine Mutter her, wobei er nie vergaß, hinzuzufügen, was für eine gute Tochter die gehorsame Ältere im Vergleich zu meiner bei jeder Gelegenheit widersprechenden, aufsässigen Mutter immer gewesen sei.

Was ich hingegen von meiner Mutter am häufigsten zu hören bekam, war: »Man muss in ein gutes familiäres Umfeld geboren werden.« Sie war der festen Überzeugung, ihr Leben wäre ganz anders verlaufen, wenn sie sich damals *nicht* mit meinem Großvater zerstritten hätte und von zu Hause weggelaufen wäre. In solchen Momenten pflegte ich ebenso brav und aufmerksam zuzuhören wie bei meinem Großvater.

Unabhängig davon, wie sehr die beiden sich hassten, wie sehr mein Großvater sich über meine Mutter mokierte, die ihr Kind hatte allein zur Welt bringen müssen, oder wie sehr meine Mutter ihn, der meine Großmutter gezwungen hatte, die Unterwäsche seiner Geliebten zu waschen, verabscheute, ich akzeptiere meinen Großvater aus einem einzigen Grund: Wegen dem, was er wenige Tage vor seinem Tod im Weggehen sagte.

Am jenem Tag blieb mein Großvater für jemanden, der *nur zufällig vorbeischaute*, ziemlich lange sitzen und erging sich in endlosen Nörgeleien und Kommentaren, und als er wirklich alles und jeden auf der Welt kommentiert hatte, wurde er ob des Schweigens meiner Mutter plötzlich unsicher. Er rang eine Weile um ein neues Gesprächsthema, dann setzte er wieder zu ausführlichen Vergleichen zwischen meiner *lieben* Tante und meiner Mutter an. Nach einer schier endlosen Schimpftirade wurde er angesichts meiner immer noch schweigenden Mutter abermals unsicher, befingerte das leere Glas Orangensaft, griff schließlich nach seinem Hut und stand auf. Meine Mutter und ich begleiteten ihn halbherzig zum Tor. Dort verharrte mein Großvater noch eine ganze Weile, drehte sich schließlich halb um und ließ, bevor er verschwand, über seinen kleinen, Souveränität ausstrahlenden Rücken hinweg folgende Worte fallen: »Trotzdem. Wenn ich mich in eine verlieben würde, dann in die jüngere. In die ältere Tochter würde ich mich nicht verlieben.«

Einige Tage später starb er. Er hatte, denke ich, um den Charme meiner Mutter gewusst. Um dieses kleine Geheimnis. Jetzt, wo er nicht mehr lebt, bin nur noch ich da, die darum weiß.

*

Meine Mutter ist Taxifahrerin. Anfangs glaubte ich, sie hätte diesen Beruf gewählt, um durch Seoul kurven und mich bewachen zu können. Eines Tages stellte ich dann die Vermutung auf, dass sie nur schneller sein wollte als mein Vater. In meiner Vorstellung lieferten sich mein Vater und meine Mutter ein Rennen – mal überholte der eine, mal der andere. Der Gesichtsausdruck meiner Gas gebenden Mutter, in dem der Groll mehrerer Dutzend Jahre steckt, und das Gesicht meines Vaters, dessen Bleibe aufgedeckt ist, rasen durch meinen Kopf. Vielleicht denkt meine Mutter, dass sie sich an ihm rächen kann, wenn sie ihn überholt, anstatt ihn festzuhalten.

Meine Mutter litt unter der Taxifahrerei. Hungerlohn, Misstrauen gegenüber Taxifahrerinnen, Belästigungen durch Fahrgäste. Trotzdem ging ich sie ständig um Taschengeld an. Ich dachte, wenn sie unter solchen Umständen auch noch ein einfühlsames, höfliches Kind hätte, würde sie sich vielleicht noch einsamer fühlen. Auch sie verbat es sich, mir etwa aus Schuldgefühl mehr Geld zu geben oder dergleichen. Und wenn sie mir auch immer so viel gab, wie ich verlangte, vergaß sie nie, eine kleine Szene zu machen: »Was ich verdiene, geht alles in den Kinderarsch hinein, rund um die Uhr muss ich Kohle verdienen, verflucht.«

Auch an jenem Tag verbrachte ich gerade einen ganz gewöhnlichen Morgen, der sich in nichts von all den anderen unterschied. Am Esstisch schimpfte meine Mutter, weil ich beim Frühstücken fernsah, und dann musste ich mir anhören, wie sie sich am Abend zuvor mit einem Fahrgast gestritten hatte. Als sie mitten in ihrer Erzählung wie um Zustimmung heischend ausrief: »Verflucht noch mal, war ich denn wirklich so im Unrecht?«, und aufgebracht den Löffel auf den Tisch knallte, musste ich ihr beipflichten, und während ich in die Turnschuhe schlüpfte, hatte ich mich vor ihr zu rechtfertigen, wofür ich zehntausend Won brauchte. In der Schule lag ich halb auf dem Tisch und starrte auf den Referendar, dessen Kehlkopf beim nervösen Schlucken jedes Mal auf und ab hüpfte. Ein gewöhnlicher Tag, der für ein vaterloses Kind weder schlechter noch irgendwie anders sein sollte. Das Problem trat erst auf, als ich nach Hause kam.

Meine Mutter saß mit düsterer Miene im Zimmer. In ihrer Hand befand sich ein Brief, auf dem Zimmerboden lag der achtlos aufgerissene Umschlag. Auf demselben Boden, auf den meine Mutter einst mit der Schere eingestochen hatte. Ich warf einen Blick auf den Absender und sah, dass es sich um Luftpost handelte. Mit dem Gesicht eines ungeduldigen Landeis hockte meine Mutter vor dem Brief, den sie zwar nicht lesen konnte, aber bei dessen Anblick sie dunkle Vorahnungen beschlichen. *Seit wann sie wohl so dasaß?* Ich riss ihr den Brief aus der Hand.

»Was ist das?« Meine Mutter starrte mich an.

Der Brief war komplett auf Englisch. Ich bemühte mich, mir vor meiner Mutter keine Blöße zu geben, und las stockend. Zuerst verstand ich nicht viel, aber nach zwei-, dreimaligem Lesen wurde mir klar, dass der Brief eine sehr wichtige Nachricht enthielt.

»Was steht drin?« fragte meine Mutter.

Ich schluckte nervös und erwiderte: »Vater ist tot.«

Meine Mutter blickte mich mit dem düstersten Gesicht

der Welt an. Ich wollte einen Witz machen, so wie sie, wenn ich eine solche Miene machte, aber mir fiel keiner ein.

*

Mein Vater war sozusagen zurückgekehrt. Nach einem Dutzend Jahren leichtfüßig auf dem Postweg. Wie ein guter Vorsatz mit undurchschaubarer Absicht. Wie zögerlicher Beifall nach einem Theaterstück mit offenem Ende. Zurückgekehrt in Form einer Todesanzeige mit einem fremd klingenden Gruß. Selbst da überlegte ich noch, ob mein Vater nicht um die ganze Welt gelaufen war, um uns letztendlich seinen Tod mitzuteilen. Ob er nicht womöglich auf einem so weiten Umweg zu uns gerannt war, um zu verkünden, dass er gestorben sei. Aber mein Vater war nicht die ganze Zeit in der Weltgeschichte herumgerannt, er hatte in den USA gelebt.

Der Brief stammte von seinem Sohn. Abends im Bett blätterte ich im Wörterbuch und übersetzte den Text. Der Inhalt war folgender: Mein Vater hatte in den USA geheiratet. Das überraschte mich. Denn wenn mein Vater nicht fortgegangen war, weil er keine Familie hatte gründen wollen, dann begriff ich nicht, warum er meine Mutter verlassen hatte. Entweder hatte er die andere Frau wirklich geliebt, oder es war in Amerika ungleich schwieriger, sich aus dem Staub zu machen. Nach einigen Jahren ließ mein Vater sich scheiden. Der Scheidungsgrund wurde im Brief nicht genannt, aber ich vermute, dass es an der Unfähigkeit meines Vaters lag. Seine Frau verlangte eine Abfindung. Mein Vater, der keinen Pfennig besaß, bot ihr an, jedes Wochenende den Rasen mähen. Mir fiel ein, irgendwann mal gehört zu haben: *Wenn man in den USA nicht seinen Rasen mäht, kann man von den Nachbarn angezeigt werden.* Die Frau heiratete bald darauf einen Mann mit einem Rasen so groß wie ein Sportplatz.

Wie versprochen klingelte mein Vater jedes Wochenende an ihrer Tür. Nachdem er sein Gesicht nah an die Überwachungskamera gehalten und mit einem »Hello« gegrüßt hat, wird er hineingegangen sein, um den Rasen zu mähen. Ich stelle mir vor, wie die Frau mit ihrem neuen Mann im Wohnzimmer Bier trinkt und turtelt, während mein Vater draußen hockt und den Rasenmäher begutachtet. Vielleicht haben sich die Frau und ihr Mann anfangs unbehaglich gefühlt. Aber die Frau hat ihrem Mann vielleicht gesagt: »Ignorier ihn einfach«, und mein Vater ist immer mehr zu einem Niemand geworden. Immer, wenn sich das Ehepaar im Wohnzimmer umarmte, soll mein Vater vor dem Panoramafenster mit lärmendem Rasenmäher auf und abgelaufen sein. Wenn der Junge, der uns den Brief geschrieben hatte, damit die Hinterbliebenen seines Vaters im Ausland nicht nur zum Lachen bringen wollte … Ich hätte gerne gewusst, was dieser Sohn, der in solcher Ausführlichkeit solches Zeug zusammenschrieb, für ein Typ war. Bestimmt einer wie der Vater, ohne Sinn und Verstand, dessen war ich mir sicher. Ich stellte mir das Ehepaar vor, wie es sich im Wohnzimmer liebte. Die an die Glastür gepressten Brüste und der Atemhauch der Frau, dann das hastige Herunterlassen der Jalousien. Mein Vater, der von weitem zusieht, stirnrunzelnd, und dann, *brumm*, mit dem Rasenmäher kampflustig zum Sturm ansetzt. Aber nicht weit kommt und nur vor dem Fenster auf und ab tigert. Irgendwann soll die Frau die Nase voll gehabt und meinem Vater den neuesten automatischen Benzinmäher geschenkt haben. Aber mein Vater habe auf dem alten Rasenmäher bestanden, der im Schuppen stand. Der habe immer einen Heidenlärm gemacht, wenn er durch den Garten kurvte.

Eines Tages kam es schließlich zu einer Auseinandersetzung zwischen meinem Vater und dem neuen Ehemann. Und zwar weil der Ehemann die Art und Weise, wie mein Vater den Rasen mähte, beanstandete. Mein Vater ignorierte ihn und mähte weiter. Aber die Beanstandungen wollten nicht aufhören, irgendwann wurde der Ehemann laut und begann, meinem Vater alle möglichen Beleidigungen an den Kopf zu werfen. Plötzlich ging mein Vater, der bis dahin in sich gekehrt den Rasen gemäht hatte, mit dem altmodischen Gerät, dessen Klingen sich gefährlich drehten, auf den Ehemann los. Der fiel grün vor Angst auf den Rasen und zitterte wie Espenlaub. Ich denke nicht, dass mein Vater ihm hatte ernsthaft etwas antun wollen. Doch das Glück war nicht auf seiner Seite, der Ehemann hatte sich verletzt. Jetzt geriet mein Vater in Panik. Der Ehemann drehte beim Anblick seines Blutes durch und stieß alle möglichen Verwünschungen aus, drohte sogar mit einer Anzeige. Mein Vater, der sich nicht mehr zu helfen wusste, lief zum Schuppen und entdeckte dort in einer Ecke den neuen Rasenmäher. Wie ein Westernheld schwang er sich in den Sattel, ließ mit pochendem Herzen den Motor an, brauste aus dem Schuppen und startete auf der Straße ein Rennen. Mit dem größtmöglichen Tempo, das die Maschine hergab, ergriff er die Flucht. Überall, wo er langfuhr, wirbelten grüne Halme auf und hinterließen den frischen Duft von Gras. Doch wo wollte er wohl hin, mein Vater? Der Brief schloss mit den Worten, mein Vater sei auf der Straße bei einem Verkehrsunfall ums Leben gekommen. Der Sohn teilte uns mit, dass die Familie aufrichtig um seinen Tod trauere und die Beerdigung in aller Stille abgehalten worden sei. Er schrieb, er habe meinen Vater leider nicht so gern gehabt. Als er noch klein gewesen sei, habe er immer auf den Vater gewartet, welcher ihn morgens vor den Fernseher gesetzt hätte und dann zur Arbeit gegangen sei. Auch nachdem seine Mutter die Scheidung eingereicht habe, habe er auf den Vater gewartet, diesmal an den Wochenenden, und jetzt warte er darauf, ihn vergessen zu können. Mir, seiner Stiefschwester, die er noch nie gesehen hat, schrieb er folgendes: »Als jemand, der immer nur auf seinen Vater gewartet hat, weiß ich nur zu gut, wie schmerzvoll Warten ist. Deshalb habe ich aus den Sachen, die Vater hinterlassen hat, eure Adresse herausgesucht und schicke nun ohne Mutters Wissen diesen Brief.«

Das Ganze kam mir wie eine einzige Lüge vor.

In Wirklichkeit aber war ich diejenige, die eine Lüge auftischte. Ich erzählte meiner Mutter zwar, dass Vater bei einem Verkehrsunfall ums Leben gekommen sei, die genaueren Umstände aber verschwieg ich. »Warum ist der Brief so lang?« fragte meine Mutter. »Auf Englisch ist es immer länger als auf Koreanisch, auch wenn dasselbe drinsteht«, antwortete ich ausweichend. Meine Mutter fragte, ob denn wirklich nichts anderes drinstünde. Wie mein Vater gelebt habe, und mit wem, ob denn sonst wirklich nichts drinstünde … Aber wer weiß das schon? In jener Nacht lag meiner Mutter sicher die Frage auf der Zunge, warum mein Vater fortgegangen war. Aber womöglich war das auch genau die Frage, die sie unter keinen Umständen über die Lippen bringen wollte. Als ich sah, wie niedergeschlagen sie war, packte mich auf einmal Unmut. Ehe ich mich versah, rutschte mir heraus: »Vater hatte …«

Meine Mutter sah mich an wie ein geprügelter Hund.

»Vater hatte … Schuldgefühle. Er hatte zeitlebens Schuldgefühle. So steht es hier geschrieben.« Der Blick meiner Mutter verschwamm. Wo ich schon einmal dabei war, fügte ich noch hinzu: »Und du sollst damals … sehr hübsch gewesen sein.«

Meine Mutter fragte mit zitternder Stimme »Wo steht das?«

Ich tat, als überflöge ich den Brief, und zeigte auf die Stelle *Vater mähte jede Woche bei Mutter den Rasen*, und sagte: »Hier.« Den Tränen nahe betrachtete sie die Stelle und strich mit dem Finger zärtlich darüber. In dem Augenblick schoss mir durch den Kopf, dass meine witzige und sonst durch nichts zu erschütternde Mutter geschwollene Stimmbänder haben musste, obwohl sie kein einziges Mal geweint hatte.

An jenem Tag blieb meine Mutter bis zum Morgengrauen aus. Die Decke bis zum Kinn gezogen, lag ich reglos da und dachte über meinen Vater nach. Über sein Leben, seinen Tod, seinen Rasenmäher und so weiter. In meiner Vorstellung rannte mein Vater immer noch. Dieses Bild begleitete mich schon so lange, dass es sich nicht so ohne Weiteres löschen ließ. Vielleicht hatte es sich auch nur so in meinem Kopf festgesetzt, weil ich nicht verzeihen konnte, durchfuhr es mich plötzlich. Vielleicht lag der Grund dafür, dass ich meinen Vater permanent laufen ließ, darin, dass ich fürchtete, ich könnte in dem Moment, in dem er anhielt, zu ihm rennen und ihn umbringen. Bei diesem Gedanken wurde ich plötzlich traurig, und ich sagte mir, bevor du dich davon täuschen lässt, schlaf lieber schnell ein.

*

Meine Mutter kam erst wieder, als der Taxi-Nachtzuschlag vorbei war. Ich stellte mir eine Mutter vor, die aus Rücksicht auf ihre schlafende Tochter das Licht nicht anmacht und sich leise und vorsichtig die Sachen auszieht, aber meine stieß mich mit dem Fuß an und rief: »He! Schläfst du?« Ich streckte meinen Kopf unter der Decke hervor und rief: »Spinnst du? Du fährst betrunken Taxi?« Meine Mutter erwiderte nichts, sie grinste nur und kippte auf die Decke. Sie rollte sich ein wie eine Faust. Ich überlegte, ob ich sie zudecken sollte, ließ sie dann aber so liegen. Ein wenig später fror sie anscheinend, denn sie kam von allein unter die Decke gekrochen.

In der Dunkelheit. Das Schnarchen meiner Mutter verebbte allmählich. Auf einmal nahm ich Zigarettengeruch wahr. Ich wurde irgendwie sauer und dachte mit verschränkten Armen: *Was für eine schlechte Mutter*. Sie schlief eingerollt, den Rücken zu mir. Ich lag kerzengerade da und starrte an die Decke. Eine lange Stille – strich über den Atem meiner Mutter hinweg. Plötzlich machte sie den Mund auf, sie hatte gar nicht geschlafen. Sie machte sich noch eine Spur kleiner und fragte mit leiser Stimme, die weder einen Vorwurf an meinen Vater noch sonst etwas enthielt: »Ob er gut vor sich hinfault?«

In dieser Nacht tat ich kein Auge zu. Ich starrte an die Decke und kramte ein Bild nach dem anderen hervor, das ich mir von meinem Vater gemacht hatte. Wie er an Fukuoka vorbei über die Insel Borneo hinweg dem Royal Greenwich Observatory entgegenläuft. Wie er um die Sphinxpfote biegt, beim Empire State Building vorbeischaut und die Gebirgskette der Sierra de Guardarrama überquert. Wie er beim Laufen lacht. Wie sehr er das Laufen liebt. Mit einem Schlag wurde mir bewusst, dass mein Vater bislang immer unter glühender Sonne gelaufen war. Vor langer Zeit hatte ich ihm knallfarbene Shorts angezogen, ihm ein Paar weiche Turnschuhe gegeben und ein luftdurchlässiges T-Shirt verpasst, mir alles ausgemalt, was man zum Laufen braucht. Seltsamerweise war ich dabei nie auf die Idee gekommen, ihm eine Sonnenbrille aufzusetzen. Ich hatte nie berücksichtigt, dass mein Vater, und wäre er der uninteressanteste und mickrigste Mensch auf Erden, Schmerzen empfinden könnte, wie andere Menschen Schmerzen empfinden, und dass er Dinge mögen könnte, die auch andere mögen. Meinem Vater werden also in all den Jahren, in denen ich ihn mir vorstellte, während der pausenlosen Lauferei ständig die von der Sonne geblendeten Augen weh getan haben. Daher beschloss ich in dieser Nacht, ihm eine Sonnenbrille aufzusetzen. Als Erstes stellte ich mir sein Gesicht vor. Er kann es kaum erwarten, lächelt aber nur leise, wie um sich nicht zu verraten. Dann schließt er langsam die Augen. Wie ein Junge in Erwartung eines Kusses. Also setzen ihm meine beiden großen Hände eine Sonnenbrille auf. Die steht ihm ziemlich gut. Jetzt kann er bestimmt noch viel besser laufen.

Convenience Stores

Ich gehe zum Convenience Store. Wenn oft, mehrmals am Tag, und wenn eher selten, dann einmal die Woche. Was bedeutet, dass mir zwischendurch immer Sachen einfallen, die ich unbedingt brauche.

Im Seoul des Jahres 2003, als Versprechungen, Zufälle und Katastrophen plötzlich so unauffindbar waren wie Umzugsgut und wir in unsere leeren Hände starrten, erschien wie ein Mythos aus dem Irgendwo, wie die Geliebte des Ehemannes, die einem scheinheilig gegenübersitzt, wie in Konservendosen versiegelte Zeit: der Convenience Store. Ohne Misstrauen zu erregen.

Im Jahr 2003 wurde für die Bewohner Seouls Routine zu einem wichtigen Anliegen, so wichtig wie die Erlösung. Daher schufen blassgesichtige Leute, die sich rund um die Uhr den Kopf darüber zerbrachen, was im Jahr 2003 für die Bewohner Seouls von Bedeutung sein könnte, den Convenience Store. In rascher Folge entstanden viele davon.

Scharen von Leuten gehen dort ein und aus. Wer sind all diese Leute? Jeder von ihnen hat seine eigene Geschichte, auch wenn man sie nicht kennt. Der eine ist vielleicht als Zweiter beim Wettlauf in der Schule auf den Blick des Führenden gestoßen, als der sich nach seinem Verfolger umsah, woraufhin beide erschraken, oder hat sich für ein Date mit einem Mädchen von den Geschwistern Geld geliehen, ein anderer ist in all seinen Übungsbüchern womöglich nie über die erste Seite hinausgekommen oder hat im Wörterbuch *Geschlechtsteil* oder *Geschlechtsverkehr* nachgeschlagen, obwohl ihm die Bedeutung überhaupt nicht neu war. Vielleicht haben sie das alles auch noch vor sich. Doch wir erkennen einander nicht. *Das* gehört noch nicht zu unserer Routine.

Leute, die mehrmals am Tag zum Convenience Store gehen, die mir über den Weg gelaufen sein könnten oder auch nicht. Darunter vielleicht ein junges Paar, das gerade im Séparée eines Videoverleihs miteinander geschlafen hat und sich nun eine Instantnudelsuppe teilt, eine Frau, die nach einer Abtreibung im nahen Krankenhaus Durst bekommen hat und sich Milch kaufen will, ein junger Herumtreiber, der eben von seinem Vater ausgeschimpft worden ist und sich nun Zigaretten holt, ein noch nicht an die Öffentlichkeit getretener Künstler, Arbeitslose, Spione, vielleicht sogar Jesus in Gestalt eines Bettlers. Der Convenience Store stellt keine Fragen. Es herrscht allumfassende Toleranz.

Ich wohne in einer Siedlung in der Nähe der Universität. Hier gibt es drei Convenience Stores. Sie liegen kaum dreißig Meter voneinander entfernt in einem Dreieck, mit der Siedlung im Zentrum. Der LG 25 ist der Siedlung am nächsten, ihm gegenüber befindet sich der Family Mart, ein Stück weiter kommt der Seven Eleven. Von der Siedlung aus gesehen verläuft der Weg zum LG 25 als gerade Linie, der zum Family Mart bildet einen rechten Winkel und der zum Seven Eleven ein halboffenes Rechteck.

Wann die drei hier aufgemacht haben, weiß ich nicht mehr. Hier entsteht ständig etwas Neues, um gleich darauf wieder zu verschwinden. Und immer wieder entsteht das Gleiche: Stundenhotels, Internet-Cafés, Take-Away-Cafébars, Bierkneipen, Kirchgemeinden … Wie neue, adrett gekleidete Schüler haben sich irgendwann die Convenience Stores dazwischen eingenistet.

Ich ging meistens zu Seven Eleven. Aber nur, weil der Laden mir auf meinem Nachhauseweg als erster ins Auge fiel. Immer, wenn die heimströmenden Autos auf der Straße eine lange, blinkende Schlange bildeten, schaute ich auf einen Sprung in den Seven Eleven, der mit seinem hell erleuchteten Ladenschild auf meinem Weg lag und durch die Fensterfront sein Inneres präsentierte, als hätte er alles zu zeigen und nichts zu verbergen. Sobald ich am Seven Eleven vorbeikam, sagte mir meine innere Stimme: *Bei den vielen Sachen muss doch etwas dabei sein, das du brauchst.* Dann legte mir der Laden wie eine Lehrerin, die einem Schüler mit der Hand über den Kopf streicht und ihn auf einen Fehler aufmerksam macht, irgendetwas in die Hände.

Ich kaufte Toilettenpapier, obwohl ich noch welches zu Hause hatte, aber man konnte ja nie wissen, wann es einem ausgeht. Ich kaufte Thunfisch in Dosen, obwohl ich keinen Reis zu Hause hatte, aber man muss ja immer wieder mal Reis kochen. Und da ich nun Thunfisch gekauft hatte, würde ich mir Reis kochen, und nach dem Reis würde ich Nachtisch haben wollen, also kaufte ich Joghurt.

Eines Tages sprach mich der Inhaber des Seven-Eleven, ein Mann in einer grünen Weste, an: »Guten Tag!«

Wir sahen uns an. Der Scanner in seiner Hand las gerade den Barcode auf dem Becher der Instantnudelsuppe ein.

»Wohnen Sie hier in der Gegend?«

Er hatte eine kupferne, fleischige Haut. Ich gab ihm die sechshundertfünfzig Won für die Nudelsuppe, ein »Ja« und verließ fluchtartig den Laden. Danach sprach mich der Mann jedes Mal an, wenn ich dort etwas kaufte.

»Sind Sie Studentin?«

»Ja.«

»Im dritten Studienjahr?«

»Ja.«

»Leben Sie allein?«

»Ja.«

»Und Sie studieren hier an der K-Uni?«

»Nein.«

»An welcher Uni dann?«

Ich murmelte halbherzig den Namen der Uni. Die nächste Frage würde doch hoffentlich nicht lauten: *Was ist Ihr Hauptfach?* Schon fragte er: »Und was ist Ihr Hauptfach?«

Sagte ich ihm, dass ich Literatur studierte, würde er mir seine Auffassung zur Literatur darlegen, sagte ich Kunst, würde er mir einige berühmte Künstler nennen, und wenn ich sagte, dass ich Event-Management oder Internationale Beziehungen studierte, würde er mich mit anderen Fragen bombardieren: *Was lernt man da? Seit wann gibt es das? Was kann man nach dem Abschluss machen?* Später würde er behaupten, mich zu *kennen*.

Ich log ihn an. Ernährungswissenschaften.

»Wow, dann sind Sie sicher gut in Haushaltsführung«, entgegnete er daraufhin scherzhaft. »Wie lange ...« setzte er zum nächsten Satz an.

Wenn in dem Moment nicht die Mikrowelle gepiept und mir der heiße Fertigreis übergeben worden wäre, hätte er mich womöglich noch gefragt: *In welcher Stellung haben Sie es denn am liebsten?*

Als ich mit der semitransparenten Seven-Eleven-Tüte aus dem Laden eilte, hörte ich noch, wie er die Oberschülerin ansprach, die hinter mir darauf gewartet hatte, an die Reihe zu kommen: »Wie geht es Ihrer Schwester? Die an der Städtischen Universität ...«

Seitdem gehe ich nicht mehr zum Seven Eleven.

Zwischen dem LG 25 und einer Seitenstraße der Siedlung gab es einen Imbiss, der von einer alten Frau und ihrem Sohn geführt wurde. Dort wurden scharfer Reiskuchen, Blutwurst und Fischkuchen angeboten. Der Imbiss war stets gut besucht von Leuten, die die Instantgerichte aus den Convenience Stores satt hatten. Auch ich ging hin, wenn ich mitten in der Nacht Hunger bekam, und kaufte für genau zweitausend Won runzlige Maultaschen und scharfen Reiskuchen. Mutter und Sohn fragten mich nicht nach meinem Hauptfach, gaben mir aber, wenn ich Reiskuchen bestellte, immer eine Maultasche oder frittierte Süßkartoffeln umsonst dazu. Die alte Frau beugte sich dafür jedes Mal weit vor.

Eines Tages ging ich wie so oft zum Imbiss, um Reiskuchen zu kaufen. An dem Tag war der Sohn, ich schätzte ihn auf Ende Zwanzig, alleine da. Er sah gut aus, sprach jedoch ein wenig provinziell. Während er Reiskuchen-Soße über die runzligen

Maultaschen träufelte, stellte er mir mit leidenschaftsloser Stimme Fragen wie vormals der Inhaber des Seven Eleven. Ich gab ihm halbherzig Antwort. Wie seine alte Mutter beugte er sich weit vor, um mir etwas dazuzugeben. Bis er mit dem Oberkörper wieder seine ursprüngliche Position erreicht hatte, hielt ich die Luft an. Er fragte mich nach meinem Hauptfach. Ich zögerte kurz, dann log ich: Koreanische Literatur. Interessiert fragte er, was man mit Koreanischer Literatur nach dem Studium machen könne. Ich improvisierte: »In die Forschung gehen, Journalist werden oder Lehrer.« Meine Antwort war zwar nicht gerade freundlich, abweisend war sie aber auch nicht. Trotzdem machte der junge Mann hinter dem aufsteigenden Dampf ein betrübtes Gesicht. Mit der langen Schöpfkelle rührte er in der Fischkuchen-Soße, dachte einen Augenblick nach und und sagte dann niedergeschlagen: »Ich habe auch studiert. Ich mache das hier nur aus Bequemlichkeit.«

Einen Moment lang herrschte zwischen uns unangenehmes Schweigen.

Seitdem gehe ich nicht mehr zum Imbiss.

Jetzt stand ich aber vor dem Problem, ob ich Mutter und Sohn, vor allem den Sohn, grüßen sollte oder nicht. Da ich mehrmals am Tag bei ihnen vorbeimusste, erschien mir das Grüßen auf die Dauer lästig, aber ich machte mir auch Sorgen, was die beiden von mir halten mochten, wenn ich nicht grüßte. Darüber machte ich mir schon Meter vor ihrer Bude Gedanken. Dann ging ich aber äußerlich ganz ruhig an ihnen vorbei. Das war für mich gewohnt und einfacher. Wenn sich unsere Blicke trafen, sahen sowohl Mutter und Sohn als auch ich wie auf Verabredung weg und taten beschäftigt.

Zu meinem zweiten Stamm-Store wurde der Family Mart. Dort stand eine Frau Ende Vierzig hinter der Kasse. Sie hatte tätowierte Augenbrauen, und ihre Dauerwelle war fast herausgewachsen. Inmitten der Waren machte sie immer einen zu Tode gelangweilten Eindruck. Wenn ich dort eine Nudelsuppe aß, aß ich sie mit dem Rücken zu dieser missmutig aussehenden Frau.

Von den drei Convenience Stores lief der Family Mart am schlechtesten. Wahrscheinlich, weil die Inhaberin so unfreundlich war. Nur ein einziges Mal war dort richtig viel los. Das war, als der LG 25 geschlossen wurde. Das LG-25-Schild hatte man bereits abgenommen, und drinnen waren die Bauarbeiten in vollem Gange. Die Frau vom Family Mart räumte zuerst die Tische beiseite, an denen die Gäste Nudelsuppe, Reissuppe und andere Instantgerichte aßen. Diese Tische, an denen die Gäste saßen und sich die Zeit vertrieben, waren ihr jetzt, da sie viel zu tun hatte, auf einmal lästig. Dass an der Stelle des LG 25 ein paar Monate später ein viel geräumigerer und schickerer Q-Mart entstehen sollte, schien sie nicht zu ahnen. Nach der Eröffnung des Q-Mart wurde es im Family Mart wieder ruhiger. Trotzdem ging ich weiter dorthin. Leute wie ich, die alleine leben, brauchen nämlich geregelte Handlungsabläufe, eine Routine. Aber seitdem die Frau mich einmal nach meinem Ausweis fragte, als ich eine Packung Kondome auf den Tresen legte, gehe ich auch nicht mehr zum Family Mart. Ich kaufte die Kondome im Convenience Store, weil der Automat an der U-Bahnstation zu weit weg war und ich weder den Mut hatte, einen Sexshop zu betreten, noch die Chuzpe, aus so einem Laden wieder herauszukommen. Als ich der zu Tode gelangweilten Frau mutig die Kondome hinlegte, überzeugt, dass ein kurzer peinlicher Moment besser als eine unverantwortliche Handlung sei, fragte sie mich argwöhnisch, als ob sie sich bis dahin wirklich gelangweilt hätte: »Wie alt sind Sie?«

Nervös suchte ich in meinem Portemonnaie nach meinem Ausweis und schwitzte wegen der anderen Kunden, die alle herschauten, weil sie wissen wollten, warum das Bezahlen so lange dauerte. Binnen weniger Sekunden hatte die Kassiererin mich, die ich zehnmal und noch einmal gezögert hatte, bevor ich die Packung Kondome kaufte und außerdem Süßigkeiten, die ich gar nicht brauchte, in eine peinliche Situation gebracht. Seitdem gehe ich auch nicht mehr zum Family Mart. Damals dachte ich, ich könnte mich so rächen, auch wenn es einem Convenience Store wie Seven Eleven oder Family Mart wahrscheinlich nicht viel ausmacht, einen Kunden zu verlieren. Die Vorstellung, dass jedes Mal, wenn ich beim Family Mart etwas kaufe, die Kassiererin insgeheim *DasistdieFraudieKondomegekaufthat* denken könnte, trug natürlich auch dazu bei, dass ich nicht mehr hingehe.

Diese kleinen, banalen Erfahrungen, die für einen selbst jedoch keineswegs klein und banal sind, führten dazu, dass am Ende der Q-Mart zu meinem Stamm-Store wurde. Ein Merkmal des Q-Mart, das zuerst auffällt, ist die sensorgesteuerte Automatiktür. Diese Tür lauert im Hinterhalt wie ein Tier mit ausgeprägtem Geruchssinn, um aus heiterem Himmel aufzuspringen, sobald ein Kunde sich auch nur zögerlich nähert. Sie öffnet sich stets wie eine Erlösung.

Das Ehepaar, das den Q-Mart führt, ist Ende Vierzig. Ich

nehme an, dass die beiden in der letzten Finanzkrise aus ihren Beschäftigungsverhältnissen entlassen worden sind und mit ihren Abfindungen den Q-Mart aufgemacht haben. Dafür gibt es zwar keinen Beleg, aber die sanften Gesichter der beiden scheinen mir Beweis genug. Menschen diesen Alters, die wenig Misstrauen zeigen und sanftmütig sind, haben in den meisten Fällen zuvor in einer Umgebung gelebt, die sie zu solch milden Menschen gemacht hat. Betrug, Verrat, Ausbeutung oder Ungleichheit kennen sie nicht. Wahrscheinlich haben sie früher angemessen viel oder sogar mehr als viel verdient. Doch in aller Milde steckt eine gewisse Grausamkeit, die diese Leute selbst nicht wahrnehmen. Das traf vielleicht nicht zu, aber indem ich annahm, dass es zuträfe, ärgerte ich mich weniger über meine eigene Lage. In dieser Hinsicht glich ich unbewusst den Schwarzen in Los Angeles, die das dortige Koreatown angegriffen und geplündert hatten. Wenn ich in den Convenience Store gehe, bin ich eine Koreanerin, die in Korea lebt, und gleichzeitig schwarz. Indem ich auf diese Menschen hinabschaue, mindere ich meinen Neid. Ich bin ehrlich und arm, sie sind unehrlich und reich. Werte sind wie Waren im Convenience Store, sie sind austauschbar.

Ein zweites Merkmal des Q-Mart ist die Musik. Dort läuft immer Musik, meistens ruhige klassische. Musik bringt die Kunden dazu, vor den Waren zu verweilen. Wie auf einem Spaziergang, wenn man sich langsam bückt, um das Blatt eines Baumes aufzulesen, werden meine Bewegungen im Q-Mart, wenn ich nach *Yangban*-Blattalgen oder nach Wasser der Marke *Jeju* greife, plötzlich elegant. Dass ich in einem Convenience Store stets Erleichterung verspüre, liegt wahrscheinlich daran, dass ich nicht das Gefühl habe, Dinge einzukaufen, sondern Alltag. Wenn ich, die Plastiktüte schwingend, nach Hause laufe, bin ich weder eine Studentin in ärmlichen Verhältnissen noch ein einsamer Single, sondern eine gewöhnliche Konsumentin und Bewohnerin Seouls. Im Convenience Store kaufe ich *Cleanland*-Toilettenpapier, *Io*-Joghurt, 10-Liter-Mülltüten des Bezirks Dongdaemun, Damenbinden *Pleasurefeel* und Seife von Dove.

Die letzte Besonderheit des Q-Mart ist der Mann, der dort jobbt. Er ist Mitte Zwanzig, wortkarg und desinteressiert. Er sieht zwar nicht auffallend gut aus, aber je länger man ihn betrachtet, desto sympathischer wirkt er. Da man allerdings keinen Grund hat, ihn länger zu betrachten, hat er ein Gesicht, wie man es an U-Bahn-Stationen alle fünf Minuten zu sehen bekommt. Mir kann es natürlich egal sein, ob er gut aussieht oder nicht. Wichtig ist für mich, ob er geschwätzig ist oder nicht. Der junge Mann vom Q-Mart sagt zu mir nur das Nötigste. *Das macht zweitausendfünfhundert Won* oder *Soll ich es Ihnen aufwärmen?* oder *Möchten Sie einen Strohhalm dazu?* und dergleichen. Diese Seite an ihm gefällt mir sehr gut. Wenn er den Barcode einscannt, zeigt der zum Kunden gerichtete Monitor alles an, sowohl den Preis der Ware als auch, nach dem Eintippen des gegebenen Betrags, das Wechselgeld. Wenn wir wollten, könnten wir sogar ganz aufs Sprechen verzichten.

An der Kasse steht meistens der junge Mann. Das Besitzerehepaar ist nur selten da. Vielleicht bekomme ich den jungen Mann aber auch deswegen so oft zu sehen, weil meine Besuche im Convenience Store in seine Schicht fallen.

Die Schultern des jungen Mannes unter der grünen Weste mit dem Q-Mart-Logo passen gut zum Laden. Seine Kurzangebundenheit hat etwas Erotisches. Das drückt sich manchmal in seiner Art zu sprechen aus, die standardisiert wirkt, manchmal in seinem Schweigen oder in seiner Uniform, und lässt aufgrund der Eigenschaft des *Angezogenseins* an den Körper denken, der darunter steckt.

Seit der Eröffnung des Q-Mart war ich lange nicht mehr im Seven Eleven gewesen. Eines Tages aber bekam ich Appetit auf Gimbap, Reisdreiecke. Obwohl die drei Convenience Stores im Großen und Ganzen die gleichen Produkte verkaufen, gibt es kleinere Unterschiede. Der eine hat besonders viele ausländische Produkte, der andere hauptsächlich koreanische, der dritte viele Snacks.

Als ich mitten in der Nacht im Trainingsanzug bei Rot die Straße überquert hatte und im Seven Eleven ankam, lächelte mich der Inhaber wie immer freundlich an. »Lange nicht gesehen.«

Ich grüßte mit einem kleinen Nicken. Ermutigt durch meine Reaktion, sagte er unverändert freundlich: »Warum waren Sie denn so lange nicht da?«

Ich griff nach einem Gimbap und sah mich dann im Laden um. Alles war, wo es sein sollte, an seinem üblichen Platz.

»Das macht siebenhundert Won.«

Über die Kasse hinweg sah der Mann mich an. Er wartete darauf, die Aufmerksamkeit in Person, dass ich bezahlte. Sein Blick war derart unschuldig, dass ich, als sei mir das erst jetzt eingefallen, anfing, in der Jackentasche zu kramen. Aber dort gab es nichts zu kramen. Ich durchwühlte alle meine

Taschen. Angstschweiß brach mir aus. Der Mann schaute belustigt zu.

»Ich … ich glaube, ich habe mein Portemonnaie vergessen«, sagte ich schließlich kleinlaut. Unverändert freundlich zog der Mann das Gimbap wieder zurück und sagte: »Na, dann gehen Sie eben noch mal zurück.«

Der Q-Mart hat circa siebzig Quadratmeter. An den Wänden rechts und links stehen große Kühlregale. Dort liegen hauptsächlich Milch- und Tiefkühlprodukte. Von der automatischen Tür aus gesehen am Ende des Geschäfts ragt ein Kühlschrank in die Höhe. Der enthält überwiegend Getränke. Vor den Scheiben zu beiden Seiten der Automatiktür stehen Gefrierschränke mit Eis. Innen ist der Q-Mart auf allen Seiten von Kühlschränken umgeben. Bei anderen Convenience Stores ist es nicht wesentlich anders. In Convenience Stores fließt eine andere Zeit als draußen.

Die Kasse befindet sich im Q-Mart bei der Automatiktür. Hinter der Kasse stehen ausländische Spirituosen und Zigaretten zum Verkauf, rechts davon befindet sich ein Expressaufladegerät für Handys. Vor der Kasse liegen Zeitungen aus und Lotterielose. Da die Zeitungen tiefer liegen als die Kasse, reichen die Kunden ihr Mineralwasser, ihr Toilettenpapier und ihre Rasierapparate über den Bart des Baseball-Spielers Chanho Park, über das Lächeln des Präsidenten Daejung Kim, über die gesenkten Köpfe von Popstars hinweg, die man beim Drogenkonsum erwischt hat.

Bei einem Besuch in der Heimat hatte ich das Ladegerät für mein Handy liegenlassen. Meine Eltern wollten es mir per Kurier nachschicken. In der Zwischenzeit wollte ich mein Handy im Q-Mart aufladen. Zum Glück gab es in jedem Convenience Store ein Ladegerät. Aufladen kostete tausend Won pro halbe Stunde. Ich bat den jungen Mann im Q-Mart, das Handy aufzuladen. Der junge Mann in der grünen Weste nahm die Batterie heraus, prüfte den Serientyp und schloss das Handy dann ans Ladegerät an.

»Ihre Geheimnummer?« sagte er. Ich hatte nicht gewusst, dass man für das Aufladen eine Geheimnummer braucht und war verwirrt, weil mir spontan nichts einfiel. Die Finger auf der Tastatur des Ladegeräts, sah der junge Mann mich an.

»Null sieben zwei vier.«

Das war mein Geburtstag. »Null sieben zwei vier«, murmelte der junge Mann, während er das *Geheime* bzw. die *Nummer* in das Gerät eingab. Ich sah ihm zu, wie er meinen Geburtstag berührte.

»Ich möchte bezahlen.« Ein Mann drängelte sich vor. Der Kassierer hielt den Scanner an die Babyflasche, die ihm gereicht worden war. Ich wollte wissen, wie einer, der eine Babyflasche kauft, wohl aussieht und drehte mich um, aber da war der Mann auch schon weg, er hatte es wohl eilig gehabt. Nachdem der junge Mann meine tausend Won kassiert hatte, war er fertig mit mir. Vor der Kasse wartete ich darauf, dass die dreißig Minuten vergingen. Da es mir irgendwie peinlich war, so in direkter Nähe des jungen Mannes zu warten, tat ich, als betrachtete ich die Waren. Dabei glitt die Automatiktür auf, ich musste ihr zu nahe gekommen sein. Verlegen trat ich einen Schritt zurück, wie um meine Unschuld zu beweisen. Aber der junge Mann schenkte mir kaum einen Blick. Ich schlenderte umher und kaufte noch ein paar Sachen, die ich überhaupt nicht brauchte.

Als das Ladegerät nach dreißig Minuten endlich anzeigte, dass der Ladevorgang abgeschlossen sei, sagte der junge Mann wieder: »Die Nummer?«

»Null sieben zwei vier« antwortete ich leise, als wieder jemand sagte: »Ich möchte bezahlen.«

Der Mann legte fünf Päckchen Zahnstocher auf den Tresen. Ich sah ihn an. Es war der jungen Mann *mit Uniabschluss* vom Imbiss, den ich in letzter Zeit gemieden hatte. Unsere Blicke trafen sich. Zum Glück verließ er so schnell den Laden, als ob er mich nicht erkannt hätte.

Auch danach ging ich noch ein paar Mal zum Q-Mart, um mein Handy aufzuladen. Denn beim Expressaufladen hält die Batterie nicht lange. Jedes Mal fragte mich der junge Mann nach meiner Geheimnummer, worauf ich jedes Mal mit *Null sieben zwei vier* antwortete. Um ehrlich zu sein, ließ ich mein Handy, auch nachdem ich per Kurier von Zuhause mein Ladegerät bekommen hatte, noch einige Male im Q-Mart aufladen.

Mein größter Irrtum bei meinen Besuchen im Q-Mart war, dass ich geglaubt hatte, ich würde nichts über mein Privatleben preisgeben, da ich ja mit dem jungen Mann in der grünen Weste kein privates Wort wechselte. Ich dachte, die Welt des Q-Mart bestünde aus *Herzlich willkommen* und *Vielen Dank* und die Aufmerksamkeit des jungen Mannes gelte ausschließlich den Dingen, die er verkauft, und meine den Dingen, die ich kaufe. Irgendwann wurde mir aber schlagartig bewusst, dass der Scanner, wann immer ich etwas kaufte, Informationen über mich speicherte, was von mir weder beabsichtigt noch gewünscht war. Er kannte zum Beispiel meine Essgewohnheiten. Welches von den rund sechs Sorten Wasser ich am liebsten hatte, ob der Joghurt, den ich oft kaufte, Erdbeer- oder Apfelgeschmack hatte, ob ich Wildreis oder weißen Reis bevorzugte und so weiter. Wenn er wollte, könnte er auch die Größe meines Zimmers berechnen. Jemand wie ich, der immer 10-Liter-Mülltüten kauft, hat garantiert keine große Wohnung. Der junge Mann kann sich auch ausrechnen, dass ich nicht verheiratet bin. Eine Frau, die mitten in der Nacht Fertigreis kauft, die selbst alltäglichste Dinge im Convenience Store besorgt und die nur jeweils ein Paar Stäbchen verlangt, ist sicher Single. Er weiß, wo ich herkomme. Als ich im Frühling meine Wintersachen einmal vom Convenience Store aus per Kurier zu meinen Eltern schickte, überprüfte er beim Kassieren die Adresse. Er kennt auch meinen Zyklus. Er sieht, wie ich regelmäßig Binden kaufe. Er sieht, wie ich das Päckchen Kondome mit der Vorderseite nach unten auf die Kasse lege. Von meinen Essgewohnheiten bis zu meinem Geschlechtsleben, er sieht *alles*. Denn in einem Convenience Store wird *alles* verkauft. Da der Q-Mart mein Stammladen geworden war, konnte der junge Mann, ohne auch nur ein einziges Privatgespräch mit mir zu führen, mehr über mich in Erfahrung bringen als jeder andere Convenience Store. Womöglich kannte er sogar Gewohnheiten, von denen ich selbst nichts wusste.

Er fragt mich nicht nach meinem Hauptfach. Ich würde es ihm aber gerne sagen. Denn dann wäre ich nicht nur eine

Frau, die Mülltüten einkauft. Womit ich nicht sagen will, dass ich mir eine Beziehung mit ihm wünsche. Es missfällt mir lediglich, dass er über mein Privatleben Bescheid weiß. Sein Schweigen trotz dieses Wissens und seine Gleichgültigkeit empfinde ich als unverschämt. Dieses Schweigen in den anderthalb Minuten, in denen sich der Fertigreis in der Mikrowelle dreht, oder in den zwanzig Sekunden, in denen die *Seoul*-Milch aufgewärmt wird, hat meine Neugier auf ihn als Person geweckt. Mehrmals am Tag offenbare ich dir, was ich esse und ausscheide, als zeigte ich dir meine Innereien, aber du in deiner grünen Weste bist gleichgültig. Ich weiß nichts von dir. Dabei ist womöglich hier, wo man mich beim Seven Eleven für eine Studentin der Ernährungswissenschaften, beim Imbiss für eine Studentin der Koreanischen Literatur und beim Family Mart für eine Minderjährige hält, die Kondome kauft, gerade er derjenige, der ein Minimum der Wahrheit kennt.

Ich stelle mir Folgendes vor. Eines Tages wird mitten auf der Straße, wo sich die drei Convenience Stores gegenüberstehen, eine Frau von einem Auto angefahren und tödlich verletzt. Die Inhaber der Convenience Stores, das heißt die Augenzeugen, geben zu Protokoll, sie würden die Frau *kennen*, doch ihre Aussagen decken sich nicht. Angesichts der nicht übereinstimmenden Aussagen überkommen die Ladeninhaber Zweifel an ihrem eigenen Gedächtnis und sie sagen nein, sie würden die Frau doch nicht kennen. Was wird dann, dreimal negiert, aus dieser Frau, wer ist sie? Man weiß es nicht, ebenso wenig wie man weiß, wem die Gefühle des jungen Mannes gelten, der hinter der Kasse, den Rücken zur

Kundschaft, eine SMS verschickt. Selbst wenn man sofort auf die Straße stürzte, um es herauszufinden, würde man keine Antwort erhalten. Deshalb laufe ich nicht auf die Straße, sondern zum Convenience Store.

Es war Heiligabend. Die Straßen Seouls waren total vereist. Es war ruhig, hier etwas außerhalb war es menschenleer, weil alle ins belebte Zentrum geströmt waren. Seit Herbst hatte die Versicherungsfirma X damit geworben, ihren Mitgliedern eine Prämie zu zahlen, sollte es in diesem Jahr an Weihnachten schneien. An diesem Tag, an dem meine jüngere Schwester nach Seoul kommen sollte, um sich nach einer Nachhilfeschule zur Wiederholung der Uniaufnahmeprüfung zu erkundigen, schneite es vom frühen Morgen an. Meine Schwester sollte eine Nacht bei mir schlafen, sich in Noryangjin nach einer passenden Schule umschauen und dann wieder nach Hause fahren. Da ich bereits telefonisch informiert worden war, dass meine Schwester auf dem Weg sei, entfernte ich mich nicht weit von meinem Zimmer und ging nur zum Internetcafé oder etwas essen. Doch gegen zweiundzwanzig Uhr, meine Schwester hatte gerade angerufen und mir mitgeteilt, dass sie mit dem letzten Bus in Seoul angekommen sei, bekam ich von einer Freundin einen Notruf. Sie klagte über Bauchschmerzen und bat mich mit schmerzverzerrter Stimme, sofort zu ihr zu kommen. In der Eile steckte ich nur meine Geldkarte und das Handy ein, bevor ich das Haus verließ. Aber dann hielt ich inne. Meine Schwester hatte keinen Schlüssel. Ginge es nur um ein, zwei Stunden, könnte sie in einem Internetcafé warten, aber bei einer Notaufnahme konnte man nie wissen, wie lange es dauerte. Um den Schlüssel in einem Laden zu hinterlegen, war es schon zu spät und jetzt zu Weihnachten hatten viele Geschäfte geschlossen. Ihn irgendwo bei fremden Leuten zu deponieren behagte mir auch nicht. Unschlüssig stand ich vor der Tür. Da fiel mir jemand ein. Der junge Mann in der grünen Weste vom Q-Mart. Er gehörte in dieser Gegend zu den wenigen Leuten, die mich kannten. Ich ging direkt hin.

Als ich ankam, war der junge Mann allein im Laden. Er hielt den Scanner an eine Lunchbox, holte Geld aus seiner Tasche und legte es in die Kasse. Offenbar wollte er den ruhigen Moment zum Essen nutzen. Als ich atemlos vor der Kasse ankam, sah er mich fragend an. Nach kurzem Zögern murmelte ich: »Entschuldigung, ich habe eine Bitte.«

Ohne die Hand von seiner Lunchbox zu nehmen, erwiderte er: »Ja bitte?«

Bevor ich mit der Schlüsselgeschichte herausrückte, hielt ich es für hilfreich, ihn zunächst auf die Intimität zwischen uns aufmerksam zu machen.

»Sie … kennen mich doch, oder?«

Die Lunchbox nach wie vor in Händen, starrte er mich an.

»Also, ich wohne hier in der Nähe … ich kaufe immer *Jeju-Samdasu*-Wasser und *This Plus*-Zigaretten …«

Da er mich weiter fragend ansah, wurde ich ungeduldig.

»Ich kaufe doch immer *Cleanland*-Toilettenpapier, nur die 10-Liter-Mülltüten und beim Fertigreis immer die Wildreis-Sorte … sagt Ihnen das nichts?«

Er runzelte die Stirn und machte ein peinlich berührtes

Gesicht, als hätte er sich an eine Frau zu erinnern, mit der er im Vollrausch eine Nacht verbracht hat. Schließlich machte er den Mund auf und antwortete: »Es tut mir leid, aber *Samdasu* und *This Plus* kaufen hier alle.«

Ich stockte einen Moment. Der junge Mann sah mich immer noch durchdringend an. In meiner Jackentasche war immer noch der Schlüssel, den ich ihm nicht überreichen konnte. Meine Hand, die den Schlüssel umklammerte, war schweißnass.

Fast zur selben Zeit verschwand die Imbiss-Bude. Es hieß, die alte Frau habe woanders ein großes Geschäft eröffnet, aber auch, die Inhaber der Convenience Stores hätten sie angezeigt, und zum dritten, die alte Frau sei krank. Ich machte mir ein wenig Gedanken darüber, was aus ihr und ihrem Sohn geworden war. Zugleich war ich aber auch erleichtert, das Unbehagen los zu sein, das ich jedes Mal beim Vorbeilaufen empfunden hatte.

Genau sechs Tage nach Weihnachten lag ich regungslos in meinem Zimmer. Da ich keinen Fernseher hatte, hatte ich nichts zu tun und lag zusammengerollt unter der Bettdecke. Vom Zimmer nebenan drangen hin und wieder Nachrichten über Silvesterveranstaltungen herüber. Der Moderator klang in Erwartung des Neuen Jahres aufgeregt. Wie schon zu Weihnachten waren alle Leute zu Festveranstaltungen in die Stadt gefahren. Ich hatte Durst und machte den kleinen Kühlschrank auf. Die Flasche Wasser, die darin lag, war leer. Ich verharrte noch eine Weile unter der Decke, dann stand ich endlich auf. Ich zog mir eine warme Jacke an, stopfte mir mein Handy und ein paar Tausend-Won-Scheine in die Tasche und verließ das Haus. Mittlerweile verspürte ich auch Hunger. Als ich auf die Straße trat, schneite es.

Im Q-Mart war es ruhig. Dezember 2002, 23 Uhr. Der junge Mann in der grünen Weste schrieb gerade mit gesenktem Kopf eine SMS. Dem Empfänger würde neben der Nachricht auch die Zeit angezeigt werden. Ich lief den langen Gang hinunter zu den Kühlschränken. Als ich mit einer Flasche Mineralwasser und einer Packung Maultaschen wieder zur Kasse kam, unterbrach der junge Mann seine Tätigkeit und legte das Handy auf das Regal hinter sich. Mir fiel die Sache von Weihnachten ein; verstohlen sah ich ihm ins Gesicht. Er schien mich wieder nicht zu erkennen. Vielleicht tat er aber auch nur so. Meine Freundin hatte sich bald erholt, und auch meine Schwester war mit Hilfe meiner Vermieterin in mein Zimmer gekommen. Der junge Mann hielt den Barcode der Wasserflasche an den Scanner. Im selben Moment piepte es. Der junge Mann hielt inne und sah hinter sich auf sein Handy. Dann zog er enttäuscht eine Plastiktüte hervor: »Zweitausendachthundert Won, bitte.«

»Würden Sie mir das bitte aufwärmen?«

Ich hielt ihm die Packung mit den Maultaschen hin. Im Laden liefen Weihnachtslieder. Außer ihm und mir war niemand da. An den Imbisstisch am Fenster gelehnt, sah ich hinaus auf die Straße. Es war ruhig. Sobald ich von der Kasse an den Tisch gegangen war, hatte der junge Mann wieder zu seinem Handy gegriffen und angefangen, darauf herumzutippen. Ich schaute teilnahmslos aus dem Fenster, so, als hätte sich im Fernbus plötzlich jemand neben mich gesetzt, dorthin, wo meine Tasche lag. Die Autos rasten dahin; an die Geschwindigkeitsbegrenzung hielt sich niemand. Bei jedem Auto wirbelte der Schnee auf, der sich wie ein dünner Film über die Straße gelegt hatte. Das Seven Eleven-Schild leuchtete, und auch das hellgrüne Schild vom Family Mart auf der anderen Straßenseite stach mir in die Augen. Der junge Mann überprüfte unterdes mehrmals sein Handy, aber das Signal, das den Eingang einer SMS meldet, blieb aus.

Ein Kunde kam herein. Es war ein Mann, Ende Zwanzig, mit einer tief ins Gesicht gezogenen blauen Baseballkappe auf dem Kopf. Er lief herum und nahm sich hier und da etwas aus dem Regal.

Im selben Augenblick geschah es. – Draußen kreischten Bremsen. Der junge Mann vom Q-Mart, der Mann mit der Baseballkappe und ich sahen gleichzeitig aus dem Fenster. Direkt vor unseren Augen segelte ein Mädchen in Oberschuluniform durch die Luft und knallte auf die Straße. Vor dem Zebrastreifen stand wie vor Schreck erstarrt ein silberfarbener Sonata. Plötzlich gab er Vollgas und raste davon, anscheinend in Panik. Der junge Mann vom Q-Mart rannte aus dem Laden. Ich blieb wie erstarrt auf meinem Platz. Draußen bildete sich eine Traube von Menschen. Unter ihnen war auch die Inhaberin des Family Mart. Die Leute kramten ihre Handys hervor, um die Polizei, Freund, Freundin oder Familie anzurufen. Das Mädchen lag da, mit aufgeplatztem Kopf. Unter dem hochgeschlagenen Uniformrock war ihr milchweißer Unterkörper zum Vorschein gekommen. Die Leute hatten zwar einen Kreis um sie gebildet, aber offenbar wagte es niemand, näher heranzutreten, vielleicht weil der Anblick zu entsetzlich war.

Ich ging zur Kasse. Doch da war der Mann mit der tief ins Gesicht gezogenen blauen Baseballkappe gerade dabei, sich vom Ständer dort einen Packen Rubbellose in die Brusttasche zu schieben. Schnell wandte ich mich ab. Im selben Moment piepte das Handy des jungen Mannes in der grünen Weste. Der Baseballkappenmann und ich sahen uns an. Ich glaubte, keine Luft mehr zu bekommen. Während ich versuchte, weiteren Blickkontakt zu vermeiden, ging mit einem Piepen die Mikrowelle aus. Mitten in den Blick zwischen ihm und mir und unvergleichlich leicht wie von einem perfekt gestimmten Saiteninstrument. Die kleinen tiefliegenden Augen, die in meine sahen. Hier, wo alles so frisch war, wirkten sie irgendwie verdorben. Und … vertraut! Ich gab mich gelassen und versuchte mich zu erinnern, wo ich dieses Gesicht schon einmal gesehen hatte. Wo? Im Family Mart? Im LG 25? Ich hatte den Mann schon einmal gesehen, bloß wo? Es fiel mir nicht ein. Mir schoss nur durch den Kopf, dass er möglicherweise jemand war wie ich, jemand, der ohne Convenience Store auch nicht existiert. Einen Moment später kam der junge Mann in der grünen Weste wieder herein, atemlos. Der Mann mit der blauen Baseballkappe und ich standen brav an der Kasse.

»Haben Sie das gesehen? Der Schlüpfer lag ganz frei!«

Ohne auf den aufgeregten jungen Mann einzugehen, bezahlte der Mann mit der Baseballkappe ein Päckchen Kaugummi und machte sich eilig davon. Bleich im Gesicht blieb ich eine Weile reglos vor dem jungen Mann stehen. Er sah mich an und ging dann, als wäre es ihm soeben wieder eingefallen, zur Mikrowelle. »Entschuldigung.«

Ich nahm die Maultaschen entgegen. Da ich, obwohl nun alles erledigt war, keine Anstalten machte zu gehen, sah er mich verständnislos an. Ich hatte das Gefühl, irgendetwas sagen zu müssen. Aber ich wusste nicht was. Ich zögerte. Dann murmelte ich, wie zu mir selbst: »Sie haben eine SMS bekommen.«

Draußen ging ich erst zum Ort des Geschehens. Es standen immer noch viele Leute herum, während weißer Schnee auf die Straße und das dampfende Blut rieselte. Sobald er auf das Blut fiel, schmolz der Schnee. Das Merkwürdige war, dass die Frau vom Family Mart in heller Aufregung war. Die Augen aufgerissen wie ein angeschossenes Reh, zeigte sie auf das Mädchen und redete auf die Umstehenden ein. »Sie wollte, dass ich ihr eine Kiste Cola bringe, und während ich im Lager war, hat sie sich ein paar Stangen Zigaretten genommen und ist rausgerannt. Als ich ihr hinterher bin, springt sie doch glatt auf die Straße.«

Die Polizei und der Rettungswagen waren noch nicht da. Die Zigarettendiebin lag immer noch ungeschützt auf der Straße. Die Leute, die sich um sie geschart hatten, scheuchten neugierige Kinder weg. Ich sah, wie der Mann mit der blauen Baseballkappe, der am Zebrastreifen gewartet hatte, um die Straße zu überqueren, zu dem Mädchen ging. Ich beobachtete ihn aufmerksam. Der Mann, seine Verzweiflung in Form eines dicken Packens Rubbellose an die Brust gepresst, näherte sich dem Mädchen, dem sich sonst niemand genähert hatte und das mit aufgeplatztem Kopf, entblößtem Slip und gespreizten Beinen dalag. Gespannt beobachtete ich ihn. Er bahnte sich einen Weg durch den Menschenring, ging zu dem

Mädchen hin und bückte sich. Ordentlich zog er ihm den bis zur Brust hochgerutschten Rock wieder herunter.

Als er wieder weg war, standen die Augen des Mädchens immer noch weit offen.

Ich gehe zum Convenience Store. Auch am nächsten und am darauffolgenden Tag gehe ich hin. Besondere Vorkommnisse gab es keine mehr. Im Q-Mart wechselte mehrmals der junge Mann in der grünen Weste, aber da alle immer eine grüne Weste tragen, zählt das nicht weiter. Ein paar Mal ging ich noch hin, um mein Handy aufzuladen, aber dann gab es keine Ladegeräte mehr, man bot stattdessen Wegwerfbatterien an. Schnee und Nebel und die Regenzeit zogen vorbei, doch das ist ganz normal und deshalb nicht der Rede wert. Wenn du das Bedürfnis hast, Sprache zu hören, geh zum Seven Eleven, der den geschwätzigen Inhaber hat. Der Lehrer, der dafür sorgte, dass die jungen Liebenden, die in der Videothek miteinander schliefen, von der Schule verwiesen wurden, wird dort eine Instantnudelsuppe essen. Der Mann, der eine Frau zu einer Abtreibung nötigte, wird dort Bier kaufen, um seinen Durst zu stillen. Und dem Herumlungerer, der immer noch von seinem Vater ausgeschimpft wird, werden auch heute die Zigaretten ausgegangen sein. Weshalb dieser Bericht über das Ungeschehene langsam Gefahr läuft, langweilig zu werden.

An diesem Ort, der nie schließt – an diesem Ort, der vorgibt, meine Bedürfnisse zu kennen – traf ich, umarmte ich niemanden. Stattdessen machte ich eine Trennung durch, suchte den Betreffenden auf und erkannte, dass ich fähig bin, zu töten. Doch davon weiß niemand. Es herrscht allumfassende Toleranz. Sie befremdet mich derart, dass ich verloren dastehe und nicht weiß, wohin ich den Blick richten soll. Wenn du in den Convenience Store kommst, sieh dich gut um. Vielleicht kauft die Frau neben dir Wasser, um Tabletten zu nehmen, der Mann hinter dir Rasierklingen, um sich die Pulsadern aufzuschneiden, oder der Junge vor dir Toilettenpapier, um damit seiner alten Mutter den Hintern abzuwischen. All das kannst du dir ins Gedächtnis rufen oder auch nicht. Der Q-Mart, der Seven Eleven, der Family Mart wissen nichts. Der Convenience Store interessiert sich nicht für mich, er interessiert sich nur für Wasser, Toilettenpapier und Rasierklingen. Deshalb gehe ich zum Convenience Store. Wenn oft, mehrmals am Tag, und wenn eher selten, dann einmal die Woche. Seltsamerweise fallen mir zwischendurch immer Sachen ein, die ich unbedingt brauche.

Der Hüpfstock

Es ist lange her, da stand vor unserem Haus eine in die Jahre gekommene Straßenlaterne. Genau genommen nicht vor unserem Haus, sondern vor dem des Vermieters, aber es war unsere Dachwohnung, der sich die Laterne ganz zuneigte. Insbesondere dem Fenster des Zimmers, hinter dem mein älterer Bruder und ich wohnten. Damals ruhte auf unseren Köpfen stets das gelbliche Licht der Straßenlaterne.

Niemand wusste, wie alt die Laterne war. Wir wussten nur, dass sie schon lange dort stand. Lange bevor ich geboren wurde, war sie bereits da. Mit weit vorgestrecktem Hals und hängenden Schultern. Einsam wie der Menschenaffe in der afrikanischen Steppe, der als Erster damit begann, aufrecht zu gehen.

Da die Laterne schon lange dort stand, wusste sie über alles Bescheid. Den Zeitpunkt des Sonnenuntergangs und den Neigungswinkel des Mondes, altehrwürdige Namen, die wir nebenher in den Mund nehmen, Dinge, die wir uns erzählen, wenn wir über die Liebe sprechen, auch die Schönheit von Kathedralen und die Lieder der Sand Pebbles – über all das wusste sie Bescheid.

Natürlich konnte sie nur an- und ausgehen. Aber dieses Eine, das sie konnte, erledigte sie zuverlässig. Denn sie wusste, dass gerade *das* manchmal Wunder vollbringt. Ich hielt den

Moment, in dem sie aus- und wieder anging, für den, in dem die Welt die Augen zu- und wieder aufschlägt. Und dachte, dass in diesem kurzen Augenblick auf der Erde Dinge geschehen, von denen niemand etwas ahnt. Wie die flüchtigen Küsse, die wir damals tauschten. Wie die Tage, an denen sich unsere Lippen näherten und Dinge geschahen, die du dir nicht vorstellen kannst.

Es war jene Zeit, in der man nichts besaß und dennoch eine Straßenlaterne brauchte, weil es den Tag und die Nacht gab. Die Laterne drehte sich zusammen mit der Erde. Mit einem Flackern ging sie aus, drehte eine Runde und ging flackernd wieder an. Ich saß am Fenster, das Kinn in die Hände gestützt, und stellte mir vor, wie die Laterne bei dieser Drehung einen Kreis um die Erdkugel zeichnete. Stellte mir den Zwischenraum zwischen dem Erdkreis und dem Kreis, den die Straßenlaterne mit ihrem Finger zeichnete, vor. Und die vielen Menschen, die diesen Zwischenraum bewohnten … Im nächsten Moment sah ich einen fliegenden Drachen die Flügel einziehen und auf dem Kopf der Laterne landen, einen Cro-Magnon-Menschen seinen riesigen Penis entblößen und an die Laterne pinkeln, einen Affen den Laternenmast hinaufklettern und mit einem angefeuchteten Finger eine Schar Eintagsfliegen zusammenstreichen, einen Maori-Krieger, der einen verlorenen Kampf überlebt hatte, sich schluchzend an den Laternenmast klammern; sie alle tauchten vor unserem Haus auf, um sich sogleich wieder in Nichts aufzulösen. Als der Schwanz des Fingeraffen aus Madagaskar am Ende der Gasse verschwand, kam mir der Gedanke, dass Gassen ein guter Ort zum Verschwinden sind.

Wir bewohnten eine Containerwohnung in einer kleinen Provinzstadt. Der Besitzer hatte sie illegal auf sein Haus setzen lassen, um sie zu vermieten. Das Haus stand auf einer Anhöhe, sodass wir von unserer Wohnung aus die ganze Gegend überblicken konnten, ein faltiges Rund aus verschlungenen Wegen und engen Gassen. In die Falten zogen mehrmals am Tag Leute ein und wieder aus. In dem Containerhäuschen, von dem aus man die Stadt überblicken konnte, wohnte unsere dreiköpfige Familie: mein Vater, mein Bruder und ich.

Eines Tages sagte mein Vater: »Wenn man auf einem Hüpfstock springt, wächst man.«

Zu wachsen hatte ich zwar kein Interesse, aber einen Hüpftstock wollte ich haben. Mein Vater sah in meine erwartungsvollen Augen und sagte: »Wenn du mir deinen Pimmelmann zeigst, kaufe ich dir einen.«

Ich wurde blass. »Was?«

»Deinen Pimmelmann.«

Mein Bruder, der gerade Zeitung las, bemerkte: »Vater, im Weltraum soll ein Astronaut ein bisschen gewachsen sein.«

Mein Vater entgegnete nichts, er wartete auf meine Antwort. Ich überlegte, was mir wichtiger war, mein Pimmelmann oder der Hüpfstock. Doch wie angestrengt ich auch nachdachte, ich kam zu keinem Ergebnis.

»Was ist? Willst du nicht?«

Ein Schauer überlief meine Hoden; sie schrumpften zusammen. Ich dachte daran, wie alt ich war, dachte an meine Träume und an die Menschen, die ich lieb hatte. Aber tief in mir sagte eine Stimme unentwegt, alle würden glücklich und zufrieden sein, wenn ich das Ganze nur ein paar Sekunden durchstand.

»… jetzt sofort?«

Mein Vater nickte.

»Bei einem russischen Astronauten soll sich im Vakuum die Wirbelsäule wieder gestreckt haben.«

Mit zitternden Händen zog ich den Reißverschluss meiner Hose herunter. Hinter dem Schlitz kam der Roboterheld Taekwon V zum Vorschein; er hatte die Fäuste geballt, so als wollte er sich jeden Moment in die Lüfte schwingen. Mein Vater lächelte mir Mut zu. Gerade als ich mit einem tiefen Atemzug meine Unterhose herunterzog, blätterte mein Bruder um und sagte: »Du, Vater. Glaubst du, dass man einem Menschen die Wirbelsäule strecken kann?«

Mein Vater reparierte Elektrogeräte. Sein Geschäft bestand eigentlich nur aus einem kleinen Raum, in dem alle möglichen Kabel und Teile herumlagen, in sich verschlungen wie Gedärm. Vor dem Laden lag ein Berg kaputter Geräte. Sie machten allesamt ein Gesicht, als hätte man sie ungerecht behandelt, wie Betrunkene, die auf der Polizeistation darauf warten, zu Protokoll genommen zu werden. Mein Vater saß gebückt auf einem Schemel und begutachtete über den Rand seiner nicht geputzten Brille hinweg die Geräte. Er hatte jenen trockenen, aufmerksamen Blick, den man häufig bei Menschen findet, die sich schon lange mit einer Sache beschäftigen. Mit einem ähnlichen Blick hatte er früher einmal bei mir einen kariösen Zahn bedacht. Über die Reparatur völlig unbrauchbar gewordener Dinge hatte sich mein Vater die Augen, den Hintern und die Hüfte ruiniert. Aber da die

Dinge, die er reparierte, so belanglos waren wie die Schäden, die sie aufwiesen, wünschte er sich, dass aus uns Kindern einmal große Persönlichkeiten würden. Obwohl er wusste, dass wir unseren Videorecorder bis ins Nachbarviertel geschleppt hatten, weil sich der illegale Film, den wir uns angesehen hatten, im Videokopf verhakt hatte und wir damit schlecht zu unserem Vater gehen konnten. Tatsächlich konnten auch wir uns kaum vorstellen, dass aus uns einmal große Persönlichkeiten werden könnten.

An dem Tag aber, als mein Bruder von dem Astronauten erzählte, wollte ich für einen kurzen Moment ein bedeutender Mensch sein. Als solcher könnte ich nämlich, dachte ich, meinen Vater in den Weltraum schicken, wo seine krumme Wirbelsäule sich wieder hübsch strecken würde. Bis dahin würde es aber noch eine ganze Weile dauern. Deshalb beschloss ich, mich erst einmal lächerlich zu machen. Und mein Vater war angesichts meines Pimmelmanns so glücklich, als wäre er in eine Weltraumkapsel gestiegen.

Als ich meinen Hüpfstock bekam, war ich derart aus dem Häuschen, dass ich in Unterhosen auf die Terrasse lief. Meinen Kopf mit der Topffrisur nach links und rechts ruckend, sprang ich wie wild darauf herum. Die Füße auf den Fußrasten, die Hände fest am Griff, flog meine Scham mit jedem Sprung ein bisschen weiter in den Weltraum hinaus.

Ich war gut im Hüpfstockspringen. Ich sprang so hoch, dass man hätte meinen können, ich würde nie wieder landen. Ich hörte nicht auf zu springen. Ich sprang, wenn ich vom Vater geschlagen wurde. Ich sprang, wenn mein Bruder unverständliches Zeug von sich gab. Ich sprang, als mein Lieblingssänger einen Preis für junge Talente erhielt. Und auch, als eines Tages die ganze Welt darüber redete, dass nach nunmehr sechsundsiebzig Jahren der Halleysche Komet zurückkäme, sprang ich auf dem Dach in aller Ruhe auf meinem Stock. Unter der Laterne, dem lauten Treiben der Welt den Rücken gekehrt, allein auf meinem Hüpfstock, strahlte ich Einsamkeit aus, aber auch Grazie. In meinem Hüpfen steckte, wie soll ich sagen, so etwas wie *Seele*.

Bei jedem Hüpfen bot sich mir eine andere Sicht. Wenn ich – *boing* – in die Höhe schnellte, verschwand der Mann, der eben noch zu sehen war, und wenn ich – *boing* – erneut nach oben flog, tauchte ein Mädchen auf, das eben noch nicht da gewesen war. Mir gefiel die Ferne, die sich wie im Dunst mir zeigte, mir gefiel das *Unerwartete*, bevor mein Gewicht mich wieder nach unten drückte. Dann stieß ich mich aufs Neue mit aller Kraft ab und dachte, wie schön es wäre, wenn ich selbst verschwinden könnte, bevor ich wieder den Boden erreichte. Mit geschlossenen Augen genoss ich das Gefühl, unter freiem Himmel zu schweben. Dann öffnete ich sie einen Spalt weit und sah, wie die Straßenlaterne mir zublinzelte. Ich krachte auf den Betonboden der Terrasse und rief wie jemand, der endlich seinen lang einstudierten Text sprechen darf: »Ach du Schreck!«

Wenn ich nicht auf meinem Hüpfstock sprang, spuckte ich von der Dachterrasse auf die Straße oder saß am Fenster und guckte in den Himmel. Das Moskitonetz vor dem Fenster war so durchlöchert wie ein aufgeplatzter Granatapfel im Herbst. Wehte der Wind, flatterte drinnen unser lange nicht gewaschener grüner Vorhang. Ich begrub mein Gesicht darin und atmete tief ein. Ich mochte nämlich den wohltuenden Geruch von altem Staub. Er gab mir, wie soll ich sagen, das Gefühl, in eine andere Welt einzutauchen. Eine Welt, in der ich vielleicht schon einmal gelebt habe, die ich aber immer noch nicht kenne. Damals war ich noch kleiner als jetzt, und die Entfernung zwischen mir und dem Nachthimmel war noch größer. Aber der Himmel war so blau, so tiefblau, dass es mir auch nichts ausgemacht hätte, noch kleiner zu sein; wichtig war mir nur die endlose Ferne.

Mein Bruder blätterte jeden Tag im *Donga-Magazin für Technik und Wissenschaft* und machte sich eifrig irgendwelche Notizen. Er war drei Jahre älter als ich. Seit er in der Grundschule in einem Technik- und Wissenschaftswettbewerb für sein Segelflugzeug mit Gummibandantrieb den ersten Preis erhalten hatte, glaubte er, eine wissenschaftliche Begabung zu haben. Obwohl er nur gewonnen hatte, weil sein Flugzeug langsamer zu Boden gegangen war als die der anderen Schüler. Sein Modell war, ohne auch nur einen einzigen Moment lang richtig zu fliegen, über dem Schulhof abgestürzt. Ein gewöhnliches Flugzeug wäre selbstverständlich im selben Moment, in dem es gen Himmel geworfen wurde, abgestürzt. Doch das Flugzeug meines Bruders war wegen eines Konstruktionsfehlers im Heck nicht sofort abgestürzt, sondern eine Weile durch die Luft getrudelt, bevor es hinunterfiel. Es trudelte noch, als Dutzende anderer Flugzeuge, die schön umhergeflogen waren, bereits aufgesetzt hatten. Ich erinnere mich an den verhaltenen Applaus der versammelten Schüler, als mein Bruder, die Trophäe im Arm, breit grinste.

An dem Abend sagte mein Vater zu meinem Bruder: »Du solltest zur Luftwaffenhochschule gehen.«

Mein Bruder erwiderte: »Zurzeit ist aber die Heereshochschule angesagt.«

Ich sprang auf und ab und rief: »Was ist mit mir, Vater? Was soll ich werden, wenn ich groß bin?«

Mein Vater schob mich beiseite. »Du brauchst einfach nur fleißig zu wachsen. Wie es sich für ein Kind gehört.«

Mein Bruder sagte: »Aber ich habe schlechte Augen.«

Mein Vater fragte erschrocken: »Was, du hast schlechte Augen?«

Mein Bruder und ich sahen ihn irritiert an. Mein Bruder trug schon lange eine Brille.

»Jetzt ist Schluss. Der Fernseher muss weg.«

In dem Moment hätte ich meinen Bruder am liebsten geohrfeigt, aber meinem Vater zuliebe beherrschte ich mich und sagte: »Vater, er ist doch sowieso schlecht in der Schule, und seine Augen sind auch nicht gut. Lass uns einfach weiter fernsehen.«

Mein Bruder nickte blöde.

Mein Vater sagte: »Egal. Der Fernseher muss weg!«

Das hatte nichts mit unserer Zukunft zu tun, sondern war vielmehr eine jener schwachsinnigen Entscheidungen, die Väter in bestimmten Momenten fällen, weil sie als Familienoberhaupt eben eine Entscheidung fällen müssen, auch wenn sie nicht wissen, was zu tun ist. Irgendetwas muss man schließlich machen. Am Ende schaffte mein Vater den Fernseher aus dem Haus. Auf einmal hatten mein Bruder und ich nichts mehr zu tun. Schließlich kann man sich nicht ewig bei Freunden einnisten oder in einem Manga-Laden herumhängen. Weinerlich sagte ich zu meinem Bruder: »Tu doch was!«

Ein paar Tage später schleuderte mein Bruder vor Vaters Laden die Brille weg und rief: »Vater! Ich kann sehen! Ich kann plötzlich klar und deutlich sehen!«

Obwohl mein Bruder beim Gehen wie ein Blinder mit den Armen fuchtelte, sagte mein Vater nur: »Na, was habe ich gesagt? Der Körper eines Kindes verändert sich ständig.«

Und das war's dann. Bis zuletzt stellte uns Vater keinen Fernseher mehr zur Verfügung, und zwar mit der Begründung, er könne nicht zulassen, dass die so mühevoll genesenen Augen wieder schlechter würden. Mein Bruder griff sich an die Augen wie jemand, der sie sich selber ausgestochen hat, und heulte wie verrückt.

Am nächsten Tag waren in Vaters Laden bei allen Fernsehgeräten die Bildschirme zerschlagen. Die aufgerissenen Mäuler schienen eine einzige Forderung zu stellen. Wir mussten uns nebeneinander hinsetzen, und mein Vater fragte: »Wer war das?«

Mein Bruder schwieg. Mein Vater fragte erneut: »Wer war das? Wer sich dazu bekennt, darf fernsehen.«

Ich sah ihn vorsichtig an und hob lautlos die Hand. Er schien es ernst zu meinen. Wie damals, als es um meinen Pimmelmann und den Hüpfstock ging. Ich wollte wirklich gern fernsehen. Sofort packte mich mein Vater am Nacken, zerrte mich ins Schlafzimmer und drosch gnadenlos auf mich ein. Seine Hand, die nur an feste Gegenstände gewohnt war, war hart und grob. Mir wurde klar, dass ich hereingefallen war. Heulend nahm ich mein Geständnis zurück. Doch mein

Vater wollte mir nicht glauben. Ich hatte Schmerzen, und ich fühlte mich ungerecht behandelt. Alles in mir schrie nach Rache. Ich nahm mir vor, auf keinen Fall für meinen Vater etwas Großes zu werden. Eine großartige Persönlichkeit schon gar nicht. Ich würde ein erbärmlicher Drückeberger werden. Und vor allem würde ich jemand werden, der seinen Vater, wenn er alt geworden wäre, in ein Altersheim schickt, in dem es keinen einzigen Fernseher gibt, sodass er sich zu Tode langweilt. Mein Bruder lief derweil hinter der Tür nervös auf und ab. Ich wünschte mir, er würde die Tür aufstoßen, auf die Knie fallen und sagen, *Vater, ich war es*, aber das passierte nicht. Irgendwann hielt mein Vater inne, fiel in sich zusammen und sagte: »Zerschlagene Bildschirme kann man nicht reparieren.«

Zu gerne hätte ich gerufen, *Und was ist mit meinen Gefühlen, was ist mit meinem Herz, Vater?*, ließ es aber bleiben. Ich wusste, er würde darauf antworten: *Das repariere ich dir, sobald ich den Reiskocher repariert habe*. Ich schluchzte vor mich hin; mein Vater warf mir einen scharfen Blick zu, griff nach seinem Anorak und verschwand, ich weiß nicht wohin. Auch als er weg war, traute sich mein Bruder nicht, ins Schlafzimmer zu kommen, sondern druckste eine ganze Weile hinter der Tür herum.

In jener Nacht drosch mein stockbetrunkener Vater auf dem Nachhauseweg mit meinem Hüpfstock auf den Hund unseres Vermieters ein, bloß weil der *gebellt* hatte, und musste am nächsten Tag wie ein Hund bei der Frau des Vermieters um Verzeihung bitten. Am selben Tag entdeckte ich auf der Terrasse eine verschmierte Plastiktüte. Mit dem Stock stülpte ich sie um. Zum Vorschein kam eine zerknautschte Packung geschmolzenes Vanilleeis der Marke *Together*. Das war mein Lieblingseis. Mich überkam ein seltsames Gefühl, aber weil ich nicht wusste, wohin damit, sprang ich einfach mit dem Hüpfstock herum.

Ein paar Tage später kam mein Bruder mit einem kaputten Radio unter dem Arm ins Zimmer stolziert. Zum ersten Mal sprach er wie ein älterer Bruder: »Ab jetzt regeln wir alles selbst.«

Er wirkte cool. Ich aber war der Ansicht, dass es Sache unseres Vaters wäre, alles zu regeln, es genügte, wenn wir spielten und nur ab und zu mitbestimmten. Mein Bruder sagte, er werde mir ermöglichen, wenn nicht fernzusehen, wenigstens Radio zu hören. Ich sagte, das sei nicht nötig, aber er machte sich wie wild an die Reparatur des Radios. Ich sagte, ich hätte die Sache mit dem Fernseher längst vergessen. Aber mein Bruder bestand darauf, das Radio zu reparieren, und verbiss sich in die Arbeit. Den ganzen Tag lang steckte er Teile, die er aus dem Laden unseres Vaters geklaut hatte, hinein und holte sie wieder heraus. Er klebte geradezu am Radio, wie ein Bruchpilot in der Wüste, der alles daransetzt, sein Flugzeug wieder flottzubekommen. Ich lag auf dem Fußboden und machte Hausaufgaben. Dann und wann, wenn mein Bruder am Sucher herumfingerte, drang ein litauischer Dialekt an mein Ohr. Mich beschlich eine leise Ahnung. Wollte mein Bruder etwa tatsächlich Wissenschaftler werden? Wollte er vielleicht wirklich irgendwann Ingenieur eines Raumschiffes werden und eine Andromeda-Prinzessin mit drei Ohren heiraten? Und könnte ich dann zu meiner Schwägerin mit den drei Ohren sagen, ihr Kimchi sei versalzen? Es war doch nur ein Radio, oder? Mein Bruder hielt beim Reparieren inne, drehte sich zu mir um und lächelte verschmitzt. »Du kannst dich auf mich verlassen.«

Sein Lächeln war so sonnig, dass ich zurückschreckte. Ich überlegte, was meinen Bruder so plötzlich hatte groß werden lassen. Ich vermutete, es war die Erfahrung, jemanden verraten zu haben.

Mein Bruder wollte Ingenieur werden. Denn er *glaubte* an seine Begabung. In meinen Augen war er allerdings kein bisschen wissenschaftlich begabt. Seine einzige Begabung war wahrscheinlich sein *Glaube*. Aber jedenfalls hatte er sich verändert. Er war nicht mehr der Idiot, der seine Brille wegschleuderte und *Vater, ich kann sehen!* rief. Er hatte sich vielmehr zu einem wortkargen Jungen entwickelt, der allerdings ein Gesicht machte, als hätte er viel zu sagen. Er lief mit betrübter Miene und immer einem Buch unter dem Arm herum. Doch großartig wirkte er dabei keineswegs. Zwar erzählte er allen, dass er auf die Technische Hochschule gehen werde, aber in seiner Klasse belegte er gerade mal den 36. Platz. Er tat alles, was ihm möglich war, um Ingenieur zu werden. Er büffelte, trieb Sport, schnitt Artikel aus der Zeitung aus und trat sogar dem schulischen Literaturzirkel bei. Um Wissenschaftler zu werden, brauche man nämlich Phantasie. *Die Theorien der Astronomen an sich sind schon Poesie*, schwadronierte er, wer weiß, wo er das aufgeschnappt hatte. Aber trotz all seiner Bemühungen schaffte er es jahrelang nicht, das Radio zu reparieren. Ich hätte ihm damals gern irgendeinen Rat gegeben, aber weil ich dazu nicht in der Lage war, sprang ich nur auf meinem Hüpfstock herum.

Im Sommer des darauffolgenden Jahres besuchte uns ein älterer Cousin aus Seoul. Er sei in den Ferien mit dem Rucksack unterwegs und schaue nur auf einen Sprung vorbei. Er war ein echter angehender Naturwissenschaftler, der Astronomie studierte. Er war bescheiden und einfühlsam, doch in seiner Sanftheit lag eine Kraft, die einen gefügig machte. Ich fand ihn sympathisch, aber weil ich mich nicht traute, offen auf ihn zuzugehen, schwirrte ich nur ständig grinsend um ihn herum. Ich mochte es, wie er sich beim Lesen die Haare zurückstrich. Ich mochte seine saubere Brille, auch seine ruhige, angenehme Art zu sprechen. Wenn sich unsere Blicke trafen, schenkte er mir ein Lächeln, wie es nur gebildete Menschen hinbekommen. Als er bei uns ankam, sagte mein Vater zu ihm: »Mein Junge hat in der Schule einen Preis gewonnen, er ist technisch begabt. Du könntest ihm viel helfen.«

Doch mein Bruder wollte die Hilfe unseres Cousins nicht. Er konnte ihn nicht leiden. Er verhielt sich zu ihm wie zu einer Stiefmutter. Das rücksichtsvolle Benehmen unseres Cousins vergalt er mit dem festen Vorsatz, *nicht auf ihn hereinzufallen.* Allerdings wirkte die betont sauertöpfische Miene, die er dazu aufsetzte – *Das ist mein fester Vorsatz, hallo, bitte mal herschauen. Das ist mein fester Vorsatz, hörst du?* –, ziemlich ungeschickt. In der Hoffnung, dass die Botschaft, die er mit seinem ganzem Körper zum Ausdruck brachte, entschlüsselt werden möge, sandte er unserem Cousin unentwegt Signale. Die Botschaft lautete: *Ich bin zwar technisch begabt, aber wenn du es wagst, mir zu helfen, bringe ich dich um.*

Unser Cousin blieb nur wenige Tage bei uns. Unvergesslich blieb mir das Gespräch, das ich mit ihm hatte, bevor er uns wieder verließ. Ich saß abends am Fenster, das Gesicht im wehenden Vorhang vergraben. Mein Cousin setzte sich zu mir. Wie ein fürsorglicher Hausvater aus einer Werbung für Haushaltsgeräte zeigte er gen Himmel und sagte: »Einem deutschen Astronomen zufolge haben die Atome und Moleküle der gesamten Menschheit mindestens einmal fremde Sterne passiert.«

Den Sinn dieser Worte verstand ich nicht, doch das Gefühl des Nichtverstehens wühlte etwas in mir auf und ließ mir das Herz bis zum Halse schlagen. Mein Cousin legte meine Hand in seine.

»Fass mal an.«

Ich schaute auf seine große Hand. Sie war so vertrauenerweckend, dass man sie, ausgestattet nur mit einem Schwert, beruhigt hätte in die Welt schicken können.

»Wenn die Atome unserer Körper andere Sterne passiert haben, dann haben garantiert auch die Atome fremder Sternbewohner diese Stelle hier berührt.«

Ich begriff immer noch nichts, sondern spürte nur ein Kitzeln, konnte meine Hand aber nicht wegziehen. Er sagte: »Verstehst du? Begreifst du, was du da gerade anfasst?«

Nein, ich begriff nicht. Gern hätte ich ihm geantwortet, ich begriffe nicht, was ich da anfasste, begriffe nicht, warum nicht *er* mein älterer Bruder war, begriffe nicht, warum meine Hand so klein und schwach war. Seine fühlte sich warm an.

Plötzlich stand er auf und holte das Transistorradio zum Fenster. Das Radio mit dem großen Akku zeigte mit seiner aus dem Fenster gestreckten Antenne zu den fernen Gestirnen. Als mein Cousin am Sucher drehte, knisterte es, es kam Musik. Es war *Verflossene Liebe* von Munsae Lee. Obwohl ich noch so klein war, wurde mir weh ums Herz. Durchs Fenster sahen wir, wie weit unten mein betrunkener Vater um die Straßenlaterne stolperte; er rang mit ihr.

Wir blickten wieder hinauf in den Himmel. Mit ruhiger Stimme sagte mein Cousin: »Ich habe heute in der Zeitung etwas über einen Mann gelesen, der mitten in der Nacht irgendwelche Telefonnummern gewählt und gesagt hat *Ich bin's*. Er war alt und arbeitslos, und anfangs hat er sich wohl nicht viel dabei gedacht.«

»…«

»Die Leute wussten alle sofort, dass es sich um einen Telefonstreich handelt, nur eine Frau fragte ihn plötzlich, wie es ihm ergangen sei, und brach in Tränen aus. Sie hielt ihn für ihren Ex-Freund. Der Mann tat so, als sei er das tatsächlich und entlockte der Frau, die inzwischen verheiratet war, monatelang Geld. Insgesamt zig Millionen Won.«

»…«

»Gefühle sind schon seltsam, findest du nicht?«

Ich hatte den Eindruck, dass mein Cousin verliebt war. Und dass seine Rucksackreise etwas mit dieser Liebe zu tun hatte. Wir schwiegen, als hätten wir uns abgesprochen. Ich mochte es, von ihm wie ein Erwachsener behandelt zu werden. Ich schaute in den Himmel, auf den die Antenne wies, atmete den gewaltigen Staubduft ein, den die Sterne ausschütteten, und dachte darüber nach, ob jemand auf einem dieser Sterne weinen würde, wenn ich hier auf der Erde *Ich bin's* sagte.

Doch während ich mir ausmalte, dass irgendwo auf einem dieser Sterne jemand weinte, war es in Wirklichkeit mein Bruder, der weinte. Hinter der Zimmertür versteckt, beobachtete er, bebend vor Eifersucht, seinen jüngeren Bruder, der einem echten angehenden Naturwissenschaftler verfallen war, und weinte. Mein Bruder, der in der Schule im Technik- und Wissenschaftswettbewerb in der Kategorie Segelflugzeug mit Gummibandantrieb den ersten Preis gewonnen hatte. Mein Bruder, der sich jahrelang abgemüht hatte, das Radio zu reparieren. Einen Moment lang sahen wir uns in die Augen, doch beim nächsten Wimpernschlag war er schon wieder hinter der Tür verschwunden.

So wie die Menschen und Dinge kommen und gehen, ging unser Cousin nach einigen Tagen naturgemäß wieder fort. Mein Vater ging nach wie vor in seinen Laden, mein Bruder und ich gingen zur Schule und aßen daheim zu Abend. Die Sonne ging unter, und der Wind wehte. Anderes geschah, von niemandem bemerkt. Es wuchsen die Leberblümchen an der Mauer, es wuchs die Dunkelheit in einem lange nicht reparierten Kühlschrank, und auch ich wuchs. Mein Vater trank ab und zu, mein Bruder und ich verhielten uns ab und zu unreif. Als ich irgendwann erkannte, dass es nicht nur schwierig ist, eine große Persönlichkeit zu werden, sondern dass man ebenso wenig nach Belieben ein Nichtsnutz werden kann, brach ich meinen Rachefeldzug gegen meinen Vater ab. Es regnete und es war windig. Belangloses und weniger Belangloses glitt dahin. Nach der Regenzeit war die Laterne vor unserem Haus mit Rost überzogen, als hätte sie Ausschlag. Mein volltrunkener Vater traktierte sie mit Tritten und brüllte: »Willst du jetzt etwa ein Baum werden?«

Einige Jahre gingen ins Land.

Eines Tages – es war der Tag, an dem die Universität, an der sich mein Bruder beworben hatte, die Liste mit den Namen der erfolgreichen Bewerber veröffentlichte – ging mein Bruder aus dem Haus. Als er wegging, fiel dichter Schnee. Mein Vater konnte nicht mehr schlafen, und ich saß jede Nacht am Fenster und wartete. *Wenn er doch irgendwo in diesem faltigen Rund aus verschlungenen Wegen und engen Gassen wieder auftauchte, wenn er doch nur jetzt, wo ich hier auf ihn warte, zurückkäme, und nicht wenn ich schlafe oder esse ...* Doch er kam nicht. Der Laterne vor dem Haus ging die Glühbirne aus. Die Leute vom Amt sagten zwar, sie würden sich darum kümmern, aber an der Laterne tat sich lange Zeit nichts. Ich blätterte in den Ausgaben des *Donga-Magazins für Technik und Wissenschaft*, die meinem Bruder gehörten und denen ich bis dahin nie viel Aufmerksamkeit geschenkt hatte, und begann angesichts der vielfältigen und umfangreichen Theorien leise zu ahnen, wie weit der Horizont meines Bruders war. Und fühlte mich wegen dieser Weite meinem Bruder gegenüber ein wenig schuldig.

Einige Tage darauf sprang mein Vater, der auf dem warmen Zimmerboden ein bisschen gedöst hatte, plötzlich auf. Er habe geträumt, mein Bruder käme heim. Er stellte sich in

Unterwäsche ans Fenster und sah hinaus; draußen schneite es in dicken Flocken. Mein Vater machte sich Sorgen, dass der Weg, der zu unserem Haus hinaufführte, vereist sein könnte. Was man tun könne, jetzt, wo mein Bruder doch auf dem Heimweg sei, was, wenn er hinfalle, wo auch noch die Laterne kaputt sei; mein Vater glaubte tatsächlich, dass mein Bruder in dieser Nacht noch nach Hause käme. Er zog sich an.

»Ich muss die Laterne reparieren.«

Er griff sich einen kleinen Werkzeugkasten. Erschrocken fragte ich: »Wie willst du das anstellen?«

»Wie lange repariere ich schon Elektrogeräte?« erwiderte er. »Da werde ich das wohl noch hinkriegen.«

Er zog seine Daunenjacke an und trottete zur Tür hinaus. Mit einer roten Taschenlampe in der Hand hetzte ich ihm hinterher. Beim Eisenwarenladen lieh sich mein Vater eine Leiter und kletterte zur Laterne hinauf. Der Eisenwarenhändler und ich hielten die Leiter zwar fest, aber mein Vater bot dennoch ein ziemlich wackliges Bild. Der heftige Schneefall erschwerte ihm die Sicht. Ich versuchte, ihm mit der Taschenlampe ein bisschen zu leuchten. Ich hatte Angst, mein Vater könnte einen Schlag von der Leitung abbekommen oder von der Leiter stürzen und zu Tode kommen. Es war stockdunkel. Der Schneesturm, der durch die Gassen tobte, wurde immer stärker. Nach kaum einer Minute kam mein Vater unverrichteter Dinge wieder herunter. Er trat von einem Fuß auf den anderen und sagte: »Da frieren einem die Hände schneller ein, als ich gedacht hätte.« Und als sei ihm das peinlich, lief er sofort wieder ins Haus. Es war erstaunlich, wie schnell er auf der vereisten Straße laufen konnte, nachdem er sich vorher noch solche Sorgen gemacht hatte, dass mein Bruder darauf ausrutschen könnte. Als wir ins Haus kamen, saß mein Bruder im Wohnzimmer. Er aß eine Instantnudelsuppe und las eine neu abonnierte naturwissenschaftliche Zeitschrift.

In jener Nacht fühlten wir alle drei eine Erkältung aufziehen, und die leicht erhöhte Temperatur versetzte uns in eine etwas aufgekratzte Stimmung. Mein Vater fragte meinen Bruder: *Wo hast du gesteckt?* Mein Bruder erwiderte: *Ich war kurz eine Kassette kaufen.* Mein Vater fragte: *Was für eine Kassette?* Mein Bruder antwortete: *Bach.* Mein Vater: *Dann lass die Kassette doch mal laufen.* Mein Bruder stand auf und holte aus dem Zimmer das Transistorradio, das mit einem Kassettendeck ausgestattet war. Kopfschüttelnd gab ich zu verstehen, dass das Radio keinen Ton von sich geben würde. Davon unbeirrt legte mein Bruder die Kassette ein und drückte auf Start. Klick. Das Band begann sich zu drehen. Es drehte sich wie damals das Segelflugzeug meines Bruders, als es vom Himmel fiel. Ich sah eine Weile zu, wie es rotierte. Es war wie der Motor des Universums. Und die Musik, eine Musik so schön wie das Schweigen. Reglos lauschte ich den Klängen. Das Radio ratterte zwar ein bisschen, aber das war nur wie jenes kleine Geräusch, das jedes lebendige Wesen mitunter von sich gibt.

»Wie hast du das gemacht?« fragte ich meinen Bruder.

Im selben Moment flackerte die Straßenlaterne. Dann ging sie an. Das war seit jeher das Einzige, was sie konnte. Den Moment, in dem sie aus- und wieder angeht, hielt ich für den, in dem die Welt die Augen zu- und wieder aufschlägt. Für jenen Moment, in dem auf der Erde Dinge geschehen, von denen niemand etwas ahnt. Die Laterne blinzelte meinem Bruder zu, wie jemand, der am ganzen Körper gelähmt ist und mit den Augen Beifall spendet. Da schoss mir durch den Kopf, dass die Laterne womöglich nicht dazu da war, um etwas zu erleuchten, sondern um ein Auge zuzudrücken. Damit genau in dem Moment, in dem sie die Augen schließt, ein Wunder geschehen kann. Schlagartig wurde mir bewusst, dass auch an jenem Tag, als ich zusammen mit unserem Cousin Musik gehört hatte, das Radio funktioniert hatte. Wann hatte mein Bruder es wohl repariert?

An dieser Stelle sollte ich mich zu einer Lüge bekennen. Als ich klein war, habe ich meinem Vater meinen Pimmelmann gezeigt und dafür einen Hüpfstock bekommen. Das ist eine Tatsache, an der nicht zu rütteln ist. Ich genoss es, auf den Hüpfstock zu steigen und herumzuhüpfen. Auch das ist eine Tatsache. Aber mein Bericht über das, was ich beim Springen gesehen beziehungsweise gefühlt habe, ist falsch. Denn die Zeit, die man dabei in der Luft verbringt, ist weder so lang noch fließt sie so langsam. Der Hüpfstock machte beim Springen nicht *booooo-ing*, und man landete auch nicht so. Man musste tatsächlich hüpfen. Die Feder des Hüpfstocks war miserabel. Um einigermaßen aufrecht zu bleiben, musste man unentwegt hüpfen. Dieser Anblick war weder elegant noch schön. Das Rudern mit den Armen, um die Balance zu halten, wirkte plump, geradezu lächerlich. Zudem gab der Stock bei jedem Sprung ein groteskes Knarren von sich. Aber das war nicht mehr als ein Geräusch, wie es jedes lebendige Wesen mitunter von sich gibt. Insofern war das leichte Blinzeln der Laterne, wenn ich in die Höhe stieg, vielleicht doch nicht gelogen.

Vor langer Zeit stand vor unserem Haus eine in die Jahre gekommene Straßenlaterne. Weil sie schon lange dort stand, gab es nichts, was sie nicht wusste. Ich saß am Fenster, das Kinn in die Hände gestützt, und stellte mir vor, wie die Laterne bei der Drehung der Erde einen Kreis um die Erde zeichnete. Stellte mir den Zwischenraum zwischen dem Erdkreis vor und dem, den die Straßenlaterne zeichnete. Und die vielen Menschen, die diesen Zwischenraum bewohnen … Menschen wie mein Bruder, mein Vater und ich.

Da mein Bruder heimgekehrt war und es ihm offensichtlich so gut ging, dass wir ihn nicht erst fragen mussten, ob es ihm gut gehe, könnte ich nun eigentlich aufhören, von der Laterne vor unserem Haus zu erzählen. Aber eine Sache, die ich ganz vergessen habe, sollte ich noch erwähnen. Es war das Jahr, nachdem mein Bruder im Wettbewerb für sein Segelflugzeug mit Gummibandantrieb den ersten Preis bekommen hatte.

In diesem Jahr nahm mein Bruder erneut am Technik- und Wissenschaftswettbewerb teil. Der April war der Monat der Wissenschaften. Die Schüler rannten mit ihren Flugzeugen in der Hand unter dem blauen Himmel über den Sportplatz, um sie probefliegen zu lassen. Mein Vater und ich saßen auf der Zuschauertribüne und hofften auf einen *Folgesieg*. Auf dem Sportplatz dröhnte es nur so vor aufgeregtem Geschnatter, Anfeuerungsrufen und der blechernen

Musik aus dem Lautsprecher. Die teilnehmenden Schüler waren alle nervös. Der Bau eines Segelflugzeugs mit Gummibandantrieb erfordert viel Fingerspitzengefühl und Hingabe. Mein Bruder hatte nächtelang an seinem Flugzeug gebastelt. Fest entschlossen, diesmal wirklich zu zeigen, was er konnte. Ein paar Tage zuvor hatte er so ehrfürchtig vor den Teilen seines Flugzeugs gesessen, als säße er vor einem Altar. Er hatte den Bauplan auf dem Boden ausgebreitet, mit dem Messer kleinere Unebenheiten an den Bambusstreifen beseitigt, den 3D-Bauplan mit dem 2D-Plan verglichen und sorgfältig überprüft, ob die Links-Rechts-Symmetrie des Flugzeugkörpers stimmte. Anschließend hatte er mit Hilfe von Garn und Schnellkleber den Rumpf zusammengesetzt, die Bambusstreifen mit Kleber bestrichen und gebügeltes Papier aufgeklebt. Bis der Kleber getrocknet war, hatte sich mein Bruder keinen Zentimeter vom Fleck gerührt. Etwas später hatte er sorgfältig das Gummiband am Rumpf befestigt. Mein Bruder machte den Eindruck, als sei er geradezu dafür geboren, ein Segelflugzeug mit Gummibandantrieb zusammenzubauen. Mit beiden Händen hielt er das fertige Flugzeug in die Höhe. Der Winkel der Flügel, das Heck, alles war eben. Doch auch die anderen Schüler, die am Wettbewerb teilnahmen, waren nicht zu unterschätzen. Selbstbewusst rollten sie ihre Gummibänder auf. Der Himmel war blau und der Wind schwach. Mit scharfgespannten Flugzeugen drängelte man zum Flug. Endlich fiel der Startschuss. Mein Bruder stand ruhig mit dem Rücken zum Wind. Dann lief er nach vorn, löste den Propeller und schickte, als das Blatt schnell genug rotierte, seinen Flieger in die Luft. Ratternd löste sich das Gummiband von der Rolle, und das Flugzeug stieß in den Himmel. Wie eine Schar Libellen stiegen gleichzeitig auch die Flieger der anderen Schüler auf. Die Lehrer betätigten ihre Stoppuhren. Mein Bruder richtete den Blick nach oben und sah seinem Flugzeug nach. Auch mein Vater und ich waren aufgestanden und verfolgten seine Maschine. Aber dann – das Flugzeug meines Bruder war gerade erst aufgestiegen – begann es wieder zu fallen. Noch bevor das erste *Wow* verklungen war, noch bevor wir uns seelisch auf einen Absturz vorbereiten konnten, fiel es vom Himmel. Mein Bruder rührte sich nicht von der Stelle, wie in Schock erstarrt. Die anderen Maschinen flogen im Blau des Himmels schöne Kurven. Es dauerte aber nicht lange, bis auch die, die eben noch geflogen waren, wie auf Verabredung abstürzten. Mein Bruder erschrak ein zweites Mal und schaute auf. Eins nach dem anderen trudelten die Flugzeuge gen Boden. Die Schüler, die dahintergekommen waren, wie mein Bruder im Jahr zuvor den ersten Platz belegen konnte, hatten nämlich alle das Heck ihrer Flugzeuge manipuliert. Da aber keiner von den Manipulationen der anderen wusste, schienen auch sie alle überrascht. Wie auf Kommando sah die auf dem Sportplatz versammelte Menschenschar in den Himmel und beobachtete den Tanz der abstürzenden Flugzeuge. Es sah aus, als ergösse sich ein Schwall Blumen. Der Anblick war wider Erwarten wunderschön. Mein Bruder stand in diesem Blumenregen, als sei er nicht anwesend. Mein Vater und ich verharrten wortlos auf der Stelle. In dem Moment kam mir zum ersten Mal der Gedanke, dass mein Bruder vielleicht doch so etwas wie Talent haben könnte. Mir schlug das Herz bis zum Halse, aber weil ich weder wusste, wie ich das in Worte fassen noch wie ich damit umgehen sollte, ging ich nach Hause … und sprang in der Nacht allein auf dem Hüpfstock herum.

Der wahre Grund ihrer Schlaflosigkeit

Sie hat sich bereits etliche Male hin und her gewälzt. Rücken-, Bauch- und Seitenlage gehören zu den Grundpositionen, und natürlich kann das Kissen zwischen oder unter die Beine gestopft, umarmt oder einfach weggeschleudert werden. Die Arme können, beide oder einzeln, über den Kopf gestreckt werden, man kann sie anwinkeln und dafür die Beine lang machen, oder aber die Beine anziehen und die Arme strecken. Man kann ein Bein lang lassen, das andere heranziehen und beide Arme über den Kopf strecken, der Kopf kann auf die rechte oder die linke Seite fallen. Die Zahl ihrer Positionen summiert sich aus der Zahl ihrer Körperteile. Es gibt vielleicht auf dieser Welt eine Lage, in der selbst empfindlichste Personen tief schlafen können, aber die kennt sie dann noch nicht. Ihr Herumgewälze gleicht der mühsamen Suche nach einem Bingo, in der eine Position nach der anderen gestrichen wird.

Jedes Mal, wenn sie ihre Lage wechselt, gerät sie über etwas ins Grübeln. Oder denkt über dies und das nach. Über das, was am Tag passiert ist, über Dinge, die sie am nächsten Tag nicht vergessen darf, über ihre Gesundheit und die Steuern, über ihre Schulden, eine Todesanzeige, Reue und Scham, über Dinge, die sie unbedingt kaufen will, sobald das nächste Gehalt eingeht, über das Verfallsdatum der Lebensmittel im

Kühlschrank ... Vor allem aber denkt sie: *Nicht mehr denken.* »Nicht denken«, mumelt sie. »Bloß nicht nachdenken. Nicht nachdenken, sage ich ... Warum hat die das heute bloß zu mir gesagt?« In ihrem Versuch, die lästigen Gedanken auszublenden, krümmt sie sich zusammen wie ein Wurm. Die Frau fällt ihr wieder ein, die sie heute Morgen am U-Bahnhof beim Verteilen der kostenlosen *Metro*-Zeitung mit der Hand gestreift hat. Das Schild einer Kneipe in der Nachbarschaft fällt ihr ein, auch wie unangemessen ihre scherzhafte Bemerkung war, mit der sie versucht hatte, jemandem etwas näher zu kommen. Wie auf einem Bach treibender Müll ziehen ein Werbespruch aus dem Fernsehen, die verstopfte Toilette einer Freundin und ihr mutmaßlicher Kontostand zum Ende des Monats an ihr vorbei. Es gibt unzählige Gründe, warum sie nicht einschlafen kann.

Sie kann nicht einschlafen wegen eines Schlagers, den sie am Morgen zufällig gehört hat. *Warum summe ich eine Melodie, die ich gar nicht mag?* denkt sie und summt die ganze Nacht genau die. Sie bringt sich um den Schlaf, weil ihr der Name der längsten Brücke der Welt nicht einfallen will. Oder sie kann nicht einschlafen, weil ihr der Name des Autors von *Mein kleiner Orangenbaum* oder der Titel eines Films, den sie mal gesehen hat, nicht einfallen. An den Regisseur, den Schauspieler, selbst an den Fussel auf der Kleidung des Schauspielers erinnert sie sich, nur der Titel will ihr nicht einfallen. Den Vokal des ersten Wortes auf der Zunge müht sie sich ab, ihn auszuspucken. Riefe ihr jemand die erste Silbe zu, – *Em!* – würde sie wie jemand, der auf der Pferderennbahn sitzt und angesichts des durch das Ziel schießenden Pferdes plötzlich aufspringt, wie aus der Pistole geschossen und ohne Luft zu holen ausrufen: *Empfänger unbekannt*. Aber sie irrt nur in der Nähe des *E* herum und bringt sich um den Schlaf. In solchen Situationen erklärt sie sich selbst, warum sie schleunigst einschlafen muss. *Ich bin sehr müde. Es ist jetzt ein Uhr nachts. Um sechs Uhr muss ich aufstehen. Der Abteilungsleiter ist immer schon eine Stunde eher da. Er kann mich nicht leiden. Wenn ich jetzt nicht schlafe, nicke ich tagsüber ein. Dann unterläuft mir ein Fehler. Wenn mir ein Fehler unterläuft, denke ich die ganze Nacht an diesen Fehler und kann wieder nicht einschlafen, übermorgen unterläuft mir dann ein noch größerer Fehler … Bloß warum hat die das zu mir gesagt?* Doch das sind nur nichtige Gründe, warum sie nicht einschlafen kann.

Um einzuschlafen, probierte sie Verschiedenes aus. Sie gab *Schlaflosigkeit* in die Suchmaschine ein und klickte auf Fragen wie *Ist Schlaflosigkeit vererbbar? An welchen Symptomen erkennt man Schlaflosigkeit?* oder *Wie lange kann ein Mensch ohne Schlaf auskommen?* und fand, dass manche Menschen bei Dingen neugierig wurden, die sie absolut kalt ließen, um dann aber doch, wie ein Kind, das seine Eltern verloren hat und nun auf der Suche nach ihnen ist, beim Schlaflosigkeits-Test neugierig den *Ja*- und *Nein*-Pfeilen zu folgen, um am Ende doch wieder nur auf die Antwort zu stoßen: *Ja, du bist ein vermisstes Kind*. Bei Wörtern wie Dusche, Milch und Lavendelduft wurde sie hellhörig. Aber bekam sie den Tipp, *in Position 14 an ein Bad in einer heißen Quelle denken, dann schläft man wie ein Murmeltier,* fiel ihr diesbezüglich prompt eine schlechte Erfahrung ein, sodass sie wieder nicht einschlafen konnte. Als 24-Stunden-Saunen populär wurden und wie Pilze aus dem Boden schossen, gab es bald auch in ihrer Nachbarschaft eine, die rund um die Uhr geöffnet hatte. Sobald sie in der heißen Kabine saß, im marmornen Badebecken mit dem wasserspeienden Drachenkopf lag oder im Ruheraum entspannte, fühlte sie sich beseelt. Sie kam sich dann nämlich vor wie jemand, der sich Muße gönnt und ganz bewusst Gesundheits- und Schönheitspflege betreibt. Besonders gern nutzte sie die Wasserdruckmassage im Kaltwasserbecken. Das war eine Vorrichtung, die einen Wasserstrahl herauspumpte, wenn man sich am Wandgriff festhielt und einen Schalter betätigte, und war ideal, um sich den Unterbauch oder die Hüfte massieren zu lassen. Als sie aber eines Tages im Kaltwasserbecken saß, ließ eine alte Frau, die sich vor den Massagedüsen in den Hüften wiegte, versehentlich ein Häuflein fallen. Sie schrie auf und sprang aus dem Becken. Während sie sich hastig abduschte, ging ein Raunen durch die Leute am Becken. Erst da wagte sie es, zu der alten Frau hinzusehen. Wie diese dastand, nackt, faltig, dunkel und mager. Und gebeugt, mit einem nicht zu beschreibenden Gesichtsausdruck. Den kann sie nicht vergessen. Wenn sie damals bloß nicht so viel Aufhebens gemacht hätte! Therapien wie *An dies und das denken* halfen ihr auch nicht. Wenn sie den Rat befolgte, Sport sei gut für den Schlaf, konnte sie nicht schlafen, weil sie Muskelkater hatte. Trank sie warme Milch, bekam sie Durchfall, und Meditation kam ihr irgendwie lächerlich vor. Da sie für sich noch keine wirkungsvolle Therapie gefunden hatte, nahm sie sich vor zu ergründen, warum sie nicht einschlafen konnte.

Den Hauptgrund für ihre Schlaflosigkeit sah sie in ihrem Charakter. Sie wollte nämlich von allen gemocht werden, als intellektuell gelten und zugleich bescheiden, als rücksichtsvoll und rational, tüchtig im Berufsleben, aber auch geschmackvoll gekleidet. Leider war sie weder besonders rational noch intellektuell. Ständig fürchtete sie sich vor Absagen und verhedderte sich in Missverständnissen. Wenn jemand verärgert war, dachte sie: *Ist es vielleicht meinetwegen?* Und obwohl sie sich keiner Schuld bewusst war, war sie unversehens darauf bedacht, der betreffenden Person alles recht zu machen. Oder sie rechtfertigte sich, obwohl sie niemand dazu genötigt hatte, und redete sich vor der zunehmend irritierten Person um Kopf und Kragen. Im Grunde aber quälte sie die Angst, dass jemand ihre Schwäche bemerken und sie insgeheim dafür verachten könnte. Also versuchte sie sich zu ändern. Sie wollte nicht der Typ sein, der sich immer nur rechtfertigt. Doch wie viel Einsamkeit muss man ertragen können, um gegen Missverständnisse immun zu werden? Das schien ihr das schwierigste Unterfangen der Welt. Jedes Mal, wenn sie etwas aussuchen oder sich entscheiden sollte, litt sie Qualen. Wenn sie mit jemandem telefonierte, achtete sie geradezu neurotisch auf die Sprechweise und den Ton der Person am anderen Ende, auf jedes Atmen und Zögern. Immer zerbrach sie sich den Kopf darüber, ob diese Person sich mit ihr treffe, weil sie es wirklich wollte, oder nur aus Mitleid beziehungsweise weil sie meinte, ihr einen Gefallen tun zu müssen. *Hat sie vielleicht nicht damit gerechnet, dass ich tatsächlich zusagen könnte, und verhält sich so nur aus purer Höflichkeit?* Sie sagte dann: *Wo Sie möchten* oder *Wann*

Sie möchten. Aber obwohl sie immer Rücksicht auf andere nahm, wusste sie, dass sie im Grunde nur Rücksicht auf sich selbst nahm. Es lag ihr nicht, Dinge zu sagen, die sie hätte sagen sollen, aber sie war gut darin, Dinge zu sagen, die sie nicht zu sagen brauchte. Wenn sie beispielsweise bis spät in die Nacht mit jemandem getrunken hatte, war sie nicht imstande, als Erste zum Gehen aufzufordern. Wenn dann die andere Person aufzubrechen vorschlug, fragte sie sich insgeheim, ob sie ihr Gegenüber wohl die ganze Zeit genervt habe. Dann kam sie sich auf einmal extrem begriffsstutzig vor und gab in der Hoffnung, wenigstens höflich zu wirken, einen Satz von sich wie: »Ich glaube, ich habe Sie zu lange aufgehalten.« So wenig, wie sie sich entscheiden oder etwas aussuchen konnte, konnte sie Nein sagen. Angesichts eines bittenden Blickes rief sie sich innerlich unentwegt zu: *Sag nein, sag, dass du nicht willst*, um dann doch jedes Mal *Ja* oder *Kann ich machen* zu antworten. Und wenn sie manchmal doch den Mut aufbrachte, Nein zu sagen, zerbrach sie sich anschließend den Kopf darüber, ob die betreffende Person nun gekränkt sei, und brachte sich so um den Schlaf. An Tagen, an denen sie sich vorgenommen hatte, sich zu ändern, fragte man sie: »Fühlst du dich nicht wohl?« All das fiel ihr vor dem Einschlafen wieder ein. Aber auch das war wohl nicht der wahre Grund ihrer Schlaflosigkeit.

Sie kann sich nicht daran erinnern, woran sie unmittelbar vor dem Einschlafen gedacht hat. Da sie sich jeden Morgen zum Aufstehen zwingen muss, hat sie weder den Nerv noch die Zeit, darüber nachzudenken. Wenn sie erst einmal wach ist, gehen ihr die Dinge leicht von der Hand. In nur kurzer Zeit erledigt sie alles Mögliche. Nur das Schminken dauert fast so lange wie das Einschlafen. Zuerst trägt sie ein Reinigungswasser auf, das die Haut beruhigt und die Poren öffnet. Danach eine feuchtigkeitsspendende Lotion. Dann tupft sie ein Gesichtswasser auf, das die Poren wieder schließt. Um der Haut mehr Spannkraft zu verleihen, trägt sie noch eine Lage Feuchtigkeitscreme auf. Sie schmiert sich Sonnencreme ins Gesicht, um sich vor schädlichen UV-Strahlen zu schützen. Dann trägt sie Foundation auf, um Unebenheiten zu kaschieren, und pudert sich. Mit einem Bürstchen kämmt sie ihre Brauen, um sie anschließend mit einem Augenbrauenstift in der Farbe ihrer Haare sorgfältig nachzuziehen. Die Brauen müssen zu den Enden hin kräftiger werden, sie dürfen weder zu dick noch zu dünn sein. Sie rollt sich die Wimpern und trägt Lidschatten auf. Den Lidstrich macht sie eine Spur dunkler. Mit einem Konturenstift, auch dieser eine Spur dunkler als der Lippenstift, zieht sie die Konturen ihrer Lippen nach. Die Unterlippe macht man besser etwas üppiger. Sie trägt Lippenstift auf und tupft Lipgloss darüber, für mehr Glanz. Damit ihre Nase nicht so platt wirkt, verteilt sie mit einem großen Pinsel großzügig hellen Puder im Gesicht. Ihr Make-up ist schlicht. Sie ist weder zu aufgetakelt noch zu blass. Sie hält sich an die Grundregeln des Make-ups, so wie man sich an die Verkehrsregeln hält. Sie kann keinen Schritt weglassen. Die Routine zu brechen, ist unmöglich, außerdem erfüllt jeder der Kosmetikartikel seinen eigenen Zweck. Aber hat die Schönheitspflege je ein Ende? So wie die Pflegeprodukte in Hand- und Nagelcreme, Gesichtsreiniger und

Duschgel aufgeteilt sind, sind die Schritte in ihrem Programm vorprogrammiert, deshalb muss sie sich um mehr Dinge kümmern als früher. Aber das ist nicht das Einzige. Es gibt schließlich noch so vieles, an das sie denken muss! Sie muss darauf achten, dass das Toilettenpapier nicht ausgeht, nachsehen, wie viel Wasser sich im Entfeuchter gebildet hat und wie es um ihren Kontostand bestellt ist. Allein bei den Mülltüten gibt es mehr als drei Sorten. Noch mehr Sorten gibt es bei Steuern und noch einmal mehr bei Krankheiten. Wie viele Dinge gibt es, die ein Erwachsener wissen muss, um sich im Alltag zurechtzufinden! Sie fragt sich, warum sie an einem Ort, der um einiges sauberer und sicherer ist als die, an denen Menschen früher problemlos geschlafen haben, nicht einschlafen kann. Sie kann nicht einschlafen, weil sie fürchtet, dass ihr während der Periode Blut ausläuft. Sie kann nicht einschlafen, weil es bereits ausgelaufen ist, es ihr aber zu lästig ist, die Binde zu wechseln, und gleichzeitig unangenehm, alles so zu lassen wie es ist. Sie kann nicht einschlafen, weil sie erfahren hat, dass ihr Ex-Freund mit einer Frau zusammen ist, die fünf Jahre jünger ist als sie. Sie kann nicht einschlafen wegen eines Gesprächs mit einer ehemaligen Schulkameradin, die sie auf der Straße getroffen hat. Sie kann nicht einschlafen wegen der zwanzigtausend Won, die sie einer Freundin geliehen und nicht zurückbekommen hat. Sie bleibt die ganze Nacht wach wegen eines Insekts, das sie zufällig gesichtet hat, denn es könnte wieder auftauchen und auf ihr herumkrabbeln. Sie kann nicht einschlafen wegen einer Werbung, die mitten in der Nacht auf ihrem Handy eingeht. Sie kann nicht einschlafen, weil sie darüber nachdenkt, was sie machen soll, wenn gerade unter ihr ein Tunnel gegraben würde. Sie kann nicht einschlafen wegen eines Rechtschreibfehlers auf ihrem Wunschliedzettel. Doch all diese Dinge sind nicht der wahre Grund für ihre Schlaflosigkeit. Sie überlegt, seit wann sie nicht mehr einschlafen kann. Seit der zwölften Klasse? Seit dem Sommer ihres letzten Semesters an der Uni, als sie sich auf die Einstellungstests vorbereitete? Sie kann sich nicht erinnern. Woran sie sich jedoch erinnert, ist, dass sie einst ein rotwangiges Kind war, das so tief schlief, dass man es, ohne dass es aufwachte, hätte wegtragen können.

Auch heute Nacht findet sie erst nach einigem Herumgewälze eine bequeme Lage. Mit drei Kissen probiert sie verschiedene Positionen aus. Zuerst legt sie sich auf den Rücken, streckt die Beine und faltet die Hände über der Brust. Wie Wasser, das zarte Wellen schlägt, fühlt sie sich ruhig und unruhig zugleich. Sie beginnt, bis hundert zu zählen, und wechselt dabei die Position. Dabei zieht sie mit geschlossenen Augen aus dem Zettelkasten ihrer Erinnerungen die Karte *Schlüpfer*. Es sind die lilafarbenen Schlüpfer, die ihr ihre Mutter trotz ihres Protests ins Gepäck gestopft hat, als sie nach Seoul zog. Diese Schlüpfer, die ihre Mutter bei einem Straßenhändler gekauft hatte, waren kitschig. Lila mit geblümtem Saum. *Eine Frau kann nie genug Schlüpfer haben*, hatte ihre Mutter gesagt und ihr mit feuchten Augen ein Bündel eingepackt. So praktisch diese Schlüpfer auch sein mochten, mit Zwanzig wollte sie sie nicht mehr tragen; sie deprimierten sie schon, wenn sie sie an der Leine hängen sah.

Als sie sich eines Tages, ohne daran zu denken, was sie anhatte, unter profanen Umständen ihrem Freund hingab, bekam der angesichts ihres Schlüpfers einen Lachanfall, und sie ... Egal. Jedenfalls fallen ihr in schlaflosen Nächten manchmal diese Schlüpfer ein. Gefangen in einem Gefühl, von dem sie nicht weiß, ob es sich um Wut, Scham, Bedauern oder Reue handelt, wechselt sie die Position und bleibt sofort an einem neuen Gedanken hängen. Auch heute quält sie der Spruch, den sie am häufigsten wiederkäut: *Warum habe ich das gemacht?* Sie fühlt Trauer darüber, dass es Dinge gibt, die man nicht mehr ungeschehen machen kann, so sehr sich die Wissenschaft auch entwickelt. Solange sie nicht mit einer Zeitmaschine in die Vergangenheit reisen und sich blitzschnell einen anderen Schlüpfer anziehen kann, bleibt der Schlüpfer nun mal derselbe. Sie hasst es, auf diese Weise in eine bestimmte Schublade gesteckt zu werden. Auch wenn es am Ende dasselbe wäre, möchte sie jemandem doch als Frau mit hübschen *Ohrläppchen* in Erinnerung bleiben und nicht als Frau mit hübschen *Ohrlappen*. Deshalb denkt sie oft gequält: *Vor meinem dreißigsten Geburtstag bringe ich alle Zeugen um.* Sie weiß, dass sie auch heute erst im Morgengrauen einschlafen wird, wenn sie sich weiter mit diesen Gedanken herumschlägt. Sie wechselt wieder die Position und versucht einen Zustand zu erreichen, frei von Begehr und jeglichen Vorstellungen. Doch ehe sie sich versieht, steckt ihre Hand schon wieder im Zettelkasten. Auf dem Zettel, den sie zieht, steht *Eiserne Shakyamuni-Statue im Lotussitz*. Auf Drängen ihrer Freunde und Familie, die sie für gescheit hielten, hatte sie einmal an einer Quiz-Show teilgenommen. In dieser Show, in der man eine Menge Geld gewinnen konnte, wenn man alle Fragen richtig beantwortete, war sie damals ohne Mühe bis in die Hauptrunde und zur letzten Frage gekommen. Die Sendung war live gewesen, und alle ihre Verwandten hatten mit schweißnassen Händen im Publikum gesessen. Die letzte Frage hatte folgendermaßen gelautet: »Es handelt sich um eine eiserne Buddhafigur aus der Goryeo-Zeit aus einem Tempel in Gwangju-gun Hasachang-ri, Provinz Gyeonggi. Die sitzende Figur hat eine Höhe von 2,8 Metern und bringt die männliche Schönheit in ruhender Form vortrefflich zum Ausdruck. Wie heißt diese Figur?« Den Zuschauern am Bildschirm war natürlich nicht entgangen, dass sie die Antwort nicht wusste. Kurz blendete man die sorgenvollen Gesichter der Verwandten ein, dann brüllte der Moderator schon den Countdown: »Drei, zwei, eins! Die Antwort lautet: *Eiserne Shakyamuni-Statue im Lotussitz*.« Im selben Moment schoss ihr durch den Kopf, dass dieser Name sie bis an ihr Lebensende verfolgen würde. Aber wer hat schon solche Namen wie *Eiserne Shakyamuni-Statue im Lotussitz* parat? Seitdem war sie damit gestraft, in schlaflosen Nächten »Eiserne Shakyamuni-Statue im Lotussitz, Eiserne Shakyamuni-Statue im Lotussitz« vor sich hin murmeln zu müssen.

Wie lange sie sich wohl gewälzt hatte? Auf einmal spürte sie, wie sie wegdriftete. Ein gutes Zeichen! Licht, Geräusche und Gedanken rückten in immer weitere Ferne. Ohne *Nicht denken* zu denken, ließ sie sich treiben. Zahlen, Schlüpfer, Ohrlappen und die *Eiserne Shakyamuni-Statue im Lotussitz* flogen wie Weltallmüll in die Ferne. Ihre Glieder erschlafften, dann schlief sie ein. Als sie aber endlich an der Schwelle zum REM-Zustand stand, machte es von irgendwoher *Pang*. Sie zuckte zusammen und riss die Augen auf. Ihre Augen waren blutunterlaufen, ihre Lider faltig wie nie. Sie sah sich um. Im Fernsehen – die Lautstärke auf 0 geschaltet – lief eine Autojagd. Schlagartig wurde ihr wieder bewusst, dass ihr Vater da war. Plötzlich fühlte sie sich gereizt, wusste jedoch nichts gegen ihren Vater zu unternehmen, der zusammengerollt wie ein Embryo schlief, die Fernbedienung an sich gedrückt. Ihre Beziehung zu ihm war nicht so innig, dass sie etwas hätte gegen ihn unternehmen können.

Ein paar Tage zuvor hatte ihr Vater plötzlich vor der Tür gestanden, mit einem roten Eastpak, den er wer weiß woher hatte. Er hatte sich den Rucksack so eng an den Rücken geschnallt, dass er irgendwie behindert aussah. Über die vorgelegte Kette der spaltbreit geöffneten Tür hinweg hatte sie ihn angestarrt; er hatte herumgedruckst. Auf ihre Frage »Was gibt's?« hatte er ihr wie erleichtert eine schwarze Tüte mit Mandarinen hingehalten und gesagt: »Die magst du doch.«

Sie stellte ihrem Vater, der ihre Möbel und den Bodenbelag lobte, keine Fragen. Sie wollte nichts wissen. Sie fürchtete, sich eine Last aufzubürden, sobald sie etwas erfuhr. Etwas schien ihr faul an ihrem Vater, der die durchschnittliche Einrichtung ihrer Souterrainwohnung lobte. Sein Aufzug war ärmlich, auch wirkte er irgendwie unruhig. Darauf würde sie ihn keinesfalls ansprechen.

»Wie viel zahlst du für die Wohnung?« fragte er aus heiterem Himmel.

»Wieso?«

»Nur so … Dass du so auf eigenen Beinen … weil ich doch stolz auf dich bin …« Daraufhin schwiegen sie. Eine Weile später sagte er: »Ich bleibe ein paar Tage.«

Sag nein, sag nein, schnell, sag nein, rief sie sich innerlich zu, um dann eine ganze Weile später zu erwidern: »Wie du willst.« Seitdem rührte sich ihr Vater nicht mehr vom Fleck. Er verhielt sich, als wäre er schon immer da gewesen. Obwohl er zunächst gesagt hatte, er werde in der Küche schlafen, legte er sich, nachdem sie auf dem Boden eine große und eine kleine Schlafmatte ausgebreitet und sich als Erste mit dem Rücken zu ihm auf die kleine gelegt hatte, auf die große. Seit dem Tag rang sie jede Nacht wegen des Fernsehers, der wie ein Feuerwerk aufblitzte und geräuschvoll anging, noch mehr um den Schlaf, wo sie doch ohnehin nur mit Mühe einschlafen konnte.

Als ihr Vater am ersten Tag den Fernseher einschaltete, dachte sie noch, er sei deprimiert. Aber nach dem zweiten und dritten Tag wurde ihr klar, dass er süchtig war. Ohne Fernseher konnte er nicht einschlafen. Von morgens, wenn sie zur Arbeit ging, bis abends, wenn sie nach Hause kam, hockte er unter der Decke, die sie für ihn ausgebreitet hatte. Er sah den ganzen Tag fern, außer, wenn er zur Toilette musste oder sich eine Instantnudelsuppe machte. Wenn sie abends nach Hause kam, saß er da, all ihre Kissen im Rücken, und sah fern. Jeden Abend um zehn sah sie ihren Vater, wie er zur Hälfte aus dem Boden zu ragen schien. Sie stellte sich vor, dass sein Unterleib unter der Decke im Betonboden Wurzeln geschlagen hatte. *Oder hat er nie einen Unterkörper gehabt? Und ich habe das nur vergessen, weil wir uns so lange nicht gesehen haben?*

Auch wenn er nicht fernsah, bestand er darauf, dass der Fernseher lief. Wenn sie nach Hause kam, zog sie sich um. Im Trainingsanzug wusch sie sich das Gesicht, setzte sich an die Kommode und betrieb Hautpflege. Wenn sie Augen, Nase und Mund in dem kleinen, runden Spiegel betrachtete, sah sie klein im Hintergrund Augen, Nase und Mund ihres Vaters. Der in seinem ausgeleierten Unterhemd dasaß und auf National Geographic afrikanische Giraffen anstierte. Der den Spielzügen weißer und schwarzer Steine folgte, die den ganzen Bildschirm füllten, obwohl er gar kein Go spielen konnte. Der sich *Fenster zwischen Süd- und Nordkorea* ansah. Und die *Eheklinik Liebe und Krieg*. Der sich die Show *Echt antik?*, den Gesangswettbewerb *Wer wird Liederkönig?*, den Kurs zur *Vorbereitung auf die Beamtenprüfung für den mittleren Dienst, On Game Net Challenge League, Offener Gottesdienst für neue Gläubige, Atopie – Es gibt noch Hoffnung, Die Mailänder Kollektion*, den Kochwettbewerb *Geschmack gegen Geschmack, Das Fernsehgericht tagt*, Nachrichten, Werbung, Homeshopping und überhaupt alles, was gezeigt wurde, ansah. Der sich das Gesehene erneut ansah. Der gar nicht zu bemerken schien, dass er das alles schon einmal gesehen hatte. Der einzig und allein in ihrer Wohnung zu sein schien, um fernzusehen. Den es offenbar gar nicht störte, dass sie in den paar Tagen, die er da war, kein Wort miteinander gewechselt hatten. Der auf den Bildschirm starrte, wo drei Millionen Pixel pro Sekunde ausgeschüttet wurden, und dem der einzige Grund entging, warum seine Tochter nicht einschlafen konnte. Sie kippte den Spiegel ein wenig nach unten, sodass das Gesicht ihres Vaters verschwand. Sie cremte sich das Gesicht ein, dann rieb sie die rissige Haut ihrer Füße mit Neutrogena ein. Sie musste kräftig drücken, um noch etwas aus der Tube zu quetschen. Sie löschte das Licht und legte sich auf ihre kleine Matte, den Rücken zu ihrem Vater. Ihr Vater regulierte die Lautstärke von 5 auf 1. Eingerollt in ihre Decke versuchte sie zu schlafen. *Morgen nicht vergessen, Neutrogena zu kaufen*, sagte sie sich und überlegte, ob sie von den Instantnudeln, die ihr Vater aufgegessen hatte, noch mehr besorgen sollte oder nicht. Das monströse Flackern des Fernsehers hinter ihr ging ihr auf die Nerven. In einer Boulevardsendung wurde berichtet, in welches Restaurant der koreanische Star Woosung Jeong heute gegangen sei und welchen Typ Mann Publikumsliebling Hyori Lee bevorzuge. Sie rollte sich richtig ein, um sich vor den elektromagnetischen Wellen des Fernsehers zu schützen. Seit ihr Vater da war, hatte sie noch weniger geschlafen als sonst. Dem Abteilungsleiter gefiel sie, schien ihr, immer weniger, und sie hatte das Gefühl, immer mehr Fehler zu machen. Trotzdem wollte sie ihren Vater nicht bitten, den Fernseher auszuschalten. Während sie sich hin und her wälzte, wurde es um sie herum plötzlich ruhig, und als sie sich umsah, war ihr Vater eingenickt. Vorsichtig näherte sie sich ihm, entwand ihm die Fernbedienung und schaltete den Fernseher aus. Ihr Vater schreckte auf, tastete nach der Fernbedienung, schaltete den Fernseher wieder ein und schlief weiter. Er kam ihr vor wie ein Tier, das im Schlaf sein Futter fest an sich drückt. Er würde vielleicht knurren, bildete sie sich ein, wenn sie ihn aufforderte, den Fernseher auszuschalten. Seinen wortlosen Widerstand konnte sie nicht verstehen, ebenso wenig, warum der Fernseher laufen musste, wenn er doch gar nicht hinsah. Wollte er sie zugrunde richten? Musste er, nach so vielen Jahren wie aus dem Nichts aufgetaucht, den unzähligen Gründen, warum seine Tochter nicht einschlafen konnte, unbedingt einen weiteren hinzufügen? Sie nahm sich vor, ihn zu fragen, wann er wieder gehen würde. Da er mitten in der Nacht mit ihrem Handy in der Küche verschwand, um heimlich zu telefonieren, hatte er vielleicht die Absicht fortzugehen. Sie seufzte und sah auf den Wecker. Es war drei Uhr.

Eine Woche lang hatte sie kaum geschlafen. Kaum war sie dabei einzuschlafen, schreckte sie beim *Pang* des Fernsehers wieder hoch, und wenn sie endlich eingeschlafen war, klingelte der Wecker. Sie wurde empfindlich. Die Augen pochten und schmerzten, sie verlor den Appetit, ihr Gesicht wurde grau. Sie wusste nicht, ob es der Fernseher war, der sie am Einschlafen hinderte, oder ihr fernsehender Vater. Vielleicht lag es auch einfach daran, dass jemand, der unbedingt schlafen wollte, sich mit jemandem das Zimmer teilte, der unbedingt fernsehen wollte. Früher hieß es, dass Fernsehen Kindern schade. Sie aber war der Ansicht, dass Fernsehen Erwachsenen schade. Zwar wusste sie nicht, wo ihr Vater all die Jahre gesteckt hatte, aber da er derjenige gewesen war, der die Familie zugrunde gerichtet und ihre Mutter in den Wahnsinn getrieben hatte, war sie der Meinung, dass das, was er wie und wo auch immer gemacht hatte, falsch gewesen sein musste. *Hat Vater jemals etwas richtig gemacht? Was, wenn er sich für immer hier einnistet?* Egal. Ihr Schlaf war jetzt wichtiger. Sie musste schlafen. Was auch passieren mochte, sie musste schlafen. *Aber wie?* Die unzähligen Gründe ihrer Schlaflosigkeit zählten nicht mehr. Sie glaubte, in einen süßen, tiefen Schlaf fallen zu können, wenn nur der Fernseher nicht mehr da wäre. Als sie an dem Abend nach Hause kam, durchschnitt sie, während ihr Vater auf der Toilette war, mit einer Schere das Fernsehkabel. Es ging ganz leicht, wie damals, als ihr Vater das Band gekappt hatte, das ihn mit der Familie verband.

Im Augenblick, als ihr Vater von der Toilette zurückkam, bereute sie, das Kabel durchschnitten zu haben. Es war weniger die Bestürzung in seinem Gesicht, als er auf der Fernbedienung herumdrückte, sondern die Tatsache, dass sie nun würde mit ihm *sprechen* müssen. Dieses Unbehagen. Dieses Schweigen. Dieser Gesichtsausdruck. Das Mienenspiel ihres Vaters erinnerte sie an ein Computerspiel, das sie des Nachts einmal im Fernsehen gesehen hatte und in dem kleine, insektengleiche Maschinen pausenlos herumkrabbelten und Steinchen transportierten. Ständig war etwas in Bewegung, doch die damit verbundene Aufregung und die Kommentare waren ihr so fremd wie eine außerirdische Sprache. Es war eine merkwürdige Nacht gewesen. Sie hatte die in das Spiel versunkenen Gamer betrachtet und das Gefühl gehabt, dass es unmöglich sei, dass diese Leute und sie in ein und derselben Zeit lebten. Und dennoch hatte sie nicht umgeschaltet, sondern wie gebannt auf den Bildschirm gestarrt.

Das Unbehagen schien sie zu ersticken. Eine gute Stunde lang saß sie da, ohne zu wissen, was sie tun sollte. *Sag doch etwas, Vater!* flehte sie innerlich. *Sag, was Väter im Fernsehen in solchen Momenten so sagen.* Sie legte sich früher als sonst schlafen. Nachdem sie das Licht gelöscht hatte, tastete ihr Vater an der Fernbedienung herum. In der ungewohnten Stille hing sie noch stärker als sonst allen möglichen Gedanken nach. Das Atmen ihres Vaters, sein Schlucken, sein Rascheln, all das schien ihr besonders laut. Ihr Vater lag neben ihr, als wollte er mit diesen Geräuschen seine Anwesenheit beweisen. Sie hatte einen Fehler gemacht. Aber sie wollte sich auch nicht rechtfertigen. Keiner von ihnen brach einen Streit vom Zaun. Sie fand, dass es irgendwie feige von ihr gewesen war, ohne ein Wort das Kabel zu durchschneiden. Für so etwas hatte sie eigentlich nichts übrig. Sie dachte an ihre Begegnung mit der Chefredakteurin einer Modezeitschrift vor ein paar Jahren. Man hatte schreibwillige Studenten für eine Kolumne gesucht. Sie hatte zwar kein besonderes literarisches Talent, aber sie brauchte Geld, und die Kolumne war so allgemein, dass jeder sie schreiben konnte, also bewarb sie sich. Beim Vorstellungsgespräch wurde sie von der Chefredakteurin charmant begrüßt. Sie legte ein paar Aufsätze vor, die sie für die Uni verfasst hatte, und wurde nach einer Tasse Kaffee wieder verabschiedet. Auf die Frage der Redakteurin, welche Schriftsteller sie gut finde, hatte sie, um eine Antwort verlegen, nur herumgestammelt. Die Redakteurin hatte daraufhin mit einem Lächeln gesagt, sie möge den Soundso. Von der Zeitschrift hörte sie danach nichts mehr. Eines Tages begann sie, das Gespräch anders zu interpretieren. Womöglich hatte die Chefredakteurin ihr mit ihrer Bemerkung zu verstehen geben wollen, dass *sie* immerhin den Soundso verstehe und es also nicht unfair sei, sie nicht einzustellen. Da kam sie sich wie eine Idiotin vor, weil sie dem Charme dieser Redakteurin erlegen gewesen war. Sie konnte nicht verstehen, warum Leute A nicht einfach A nannten, sondern C sagten und erwarteten, dass man A verstand. Vielleicht hatte die Redakteurin aber auch ohne Hintergedanken gefragt. In einem anderen Einstellungsgespräch hatte sie versagt, weil sie zu lange darüber nachdachte, was man wohl mit der ihr gestellten Frage *bezwecke*. Das erste, was sie lernte, als sie begann, der Welt zu misstrauen, war das Wort »Interpretation«. Und ausgerechnet sie hatte ihrem Vater heute scheinheilig die C-Karte zugeworfen. *Nicht denken*, beschwor sie sich, und wechselte die Lage. Vielleicht hockt er nur hier herum, weil er kein Geld hat, schoss es ihr durch den Kopf. Sie hatte schließlich auch keine Lust, auszugehen oder Freunde zu treffen, wenn sie kein Geld hatte. Sie überlegte, ob sie ihm Taschengeld geben sollte. Dann würde dieser Unterleib, der sich unter der Decke versteckt hielt, spazieren gehen und einkaufen und überhaupt aktiver werden. Er würde weniger fernsehen, und sie könnte vielleicht schlafen. Andererseits verspürte sie nicht die geringste Lust, ihm etwas zu geben. Sie konnte sich nicht erinnern, jemals etwas von ihm bekommen zu haben. Außerdem könnte er auf die Idee kommen, dass sie ihn gern hätte, wenn sie ihm Geld zusteckte, und sich ihr aufdrängen. Andererseits wäre es vielleicht keine schlechte Rache, ihm, der ihr noch nie etwas gegeben hatte, etwas zu geben. Bisher hatte sie in dem Glauben gelebt, dass Fernsehen zu familiärer Entfremdung führt. Jetzt war sie der Meinung, dass es ohne Fernsehen um die innerfamiliären Beziehungen im Land noch viel schrecklicher bestellt wäre. Sie ärgerte sich, dass sie in dieser Nacht, in der sie auf einen tiefen, süßen Schlaf gehofft hatte, solchen Gedanken nachhängen musste. Sie nahm sich vor, erst einmal wieder einzuschlafen. Dann fiel ihr ein, dass sie auf dem Nachhauseweg vergessen hatte, Neutrogena zu kaufen.

Am nächsten Tag stellte sie sich die Reaktion ihres Vaters auf das Taschengeld vor. Vielleicht würde er sich wie ein geistig Zurückgebliebener schüchtern und freundlich zeigen. Sie würde ihn trotzdem ignorieren. Sie würde eine wegwerfende Handbewegung machen, *Ach, nicht der Rede wert*, sich das Gesicht waschen, sich eincremen und einfach unter die Decke kriechen. Vielleicht wäre er auch zu stolz, etwas zu sagen. Aber insgeheim würde er sich wohl freuen. Was kann es Schöneres geben als Geld, das einem in der Not in den Schoß fällt. Wenigstens würde er, bevor er im Morgengrauen den Fernseher einschaltete, einmal kurz innehalten. Er war schließlich auch nicht mehr der, der er einmal war, sondern ein in die Jahre gekommener Vater. Und mit zunehmendem Alter wird man milde und sentimental, man möchte sich für das Gute, das einem getan wird, erkenntlich zeigen. Aber um das Erkenntlichzeigen ging es ihr nicht. Sie wollte nur den Schaden an ihrer Ehre, den sie durch das Durchtrennen des Kabels verursacht hatte, wiedergutmachen. Während sie die Treppe ins Souterrain hinabstieg, dachte sie an die hunderttausend Won, die sie auf den Fernseher gelegt hatte. Sie ging vorsichtig, das Klappern ihrer Schuhe auf der Treppe war ihr verhasst. Seitdem ihr Vater da war, noch mehr. Sie schloss die Tür auf und betrat die Wohnung. Alles war wie immer – der faulige Abflussgeruch, die Feuchtigkeit, die Temperatur. Wenn sich etwas verändert hatte, dann war es der Umstand, dass sich der väterliche Unterkörper, um den sich ihre Gedanken gedreht hatten, während ihrer Abwesenheit samt Wurzelwerk davongemacht hatte.

In dieser Nacht konnte sie in ihrem Zimmer wieder alleine schlafen. Zuallererst zog sie den Trainingsanzug aus. Sie trug nur noch eine Unterhose und ein weites T-Shirt. Ihr kam in den Sinn, dass sie womöglich wegen des Trainingsanzugs nicht hatte einschlafen können. Sie wusch sich wie immer das Gesicht, trug Pflegelotion auf, rieb sich die Füße mit Neutrogena ein und legte sich auf die kleine Matte. Sie überlegte, ob sie die große wieder zusammenfalten sollte, wollte sie aber nicht anfassen. Sie löschte das Licht und freute sich, nach langem endlich einmal wieder ohne Licht oder Geräusche schlafen zu können. Sie machte sich lang und faltete die Hände über der Brust. Sie wollte bis 100 zählen, hörte aber bei 87 auf und legte sich auf die Seite. Ihr fiel ein, dass sie vorhin vergessen hatte, der Vermieterin die Miete zu geben. Dann schloss sie wieder die Augen. Und zog aus dem Nichts den Zettel *Behaarung*. Sie stöhnte auf. Warum wurde sie ständig von solch unbedeutenden, belanglosen, vergessenen und vergangenen Dingen verfolgt wie ein Stück Zucker von einem Ameisenheer? Es war in ihrem ersten Jahr an der Universität gewesen. Sie hatte ein helles, cremefarbenes Kostüm getragen und als Teamsprecherin im Fach *Philosophie des 20. Jahr-*

hunderts vor vielen Studenten ein Referat gehalten. Wie eine Fernsehmoderatorin hatte sie dagestanden, die Beine leicht zusammengepresst, und mit klarer Stimme über Bergson referiert. Sie war sehr zufrieden mit ihrer Erscheinung gewesen. Bis sie beim Umblättern ein Schamhaar auf ihrem Schienbein entdeckte. Es musste aus ihrem Schlüpfer gefallen sein, als sie sich die Strumpfhose angezogen hatte. Schamhaare sind gewellt und besitzen einen Glanz, der sie von anderen Haaren deutlich unterscheidet. Auf ihrem glatten Schienbein stach das Haar besonders hervor. In diesem Moment war ihre Sicherheit dahin. Sie fuhr mit ihrem Referat fort, machte sich aber die ganze Zeit Sorgen, dass es von jemandem entdeckt werden könnte, schließlich konnte sie sich ja schlecht die Hand in die Strumpfhose stecken und es beseitigen. Wenn sie es irgendwie von außen wegschöbe, würde es womöglich noch stärker auffallen. Die Erinnerung an diesen Vorfall trieb ihr den Schweiß auf die Stirn. Und es quälte sie der Gedanke, dass einige der männlichen Studenten in den vorderen Reihen das Haar bestimmt gesehen hatten. Sie dachte: *Jetzt an nichts anderes denken.* Sie wusste, wenn sie weiter Zettel zog, würden ihr auch Missgeschicke einfallen, die schon zehn Jahre zurücklagen. Sie wechselte in die Bauchlage, das Gesicht zur Seite. Bei Schienbein fiel ihr ein, dass ihr Ex-Freund sie *Hühnchen* genannt hatte, weil er fand, dass ihre Beine nur an den Fesseln schmal seien. Sie lachte kurz auf, als wünschte sie sich die Zeit von damals noch einmal herbei, zugleich aber auch nicht. Bei Hühnchen musste sie dann plötzlich auch an Huhn denken. Vom Huhn mochte sie am liebsten das Fleisch am Hals. Ihre Freunde fanden das eklig, aber sie wusste, wie zart das Fleisch dort ist. Als sie noch klein war, brachte ihr Vater ihr manchmal Schachteln mit, in denen – wer weiß, wo er die her hatte – über zehn Hühnerhälse lagen, und legte sich dann hin, um seinen Rausch auszuschlafen …

Irgendwann hatte sie dann aufgehört, Hühnerhälse zu essen. Mehr noch, sie mochte überhaupt kein Hühnerfleisch mehr. Als ihr der Vater einfiel, runzelte sie die Stirn und versuchte, an etwas anderes zu denken. Doch von dem Moment an wollten sich die Gedanken, die sonst wie Blätter umso munterer umherwirbelten, je mehr sie an nichts zu denken versuchte, einfach nicht einstellen. Der Gedanke an ihren Vater hatte sie am Wickel. Sie begann zu strampeln. Sie hatte keine Ahnung, warum er gegangen war, geschweige denn wohin. Waren die *paar Tage*, von denen er gesprochen hatte, um? Wurde er von jemandem gesucht? Immerhin hatte er ein bisschen wie auf der Flucht gewirkt. War er noch gekränkt wegen des Fernsehers? Sie schüttelte den Kopf und versuchte, an die Eiserne Shakyamuni-Statue im Lotussitz, an die längste Brücke der Welt oder an den Dampf heißer Quellen zu denken. Als sie dann an die Chefredakteurin dachte, fiel ihr plötzlich das Taschengeld ein. Hatte ihr Vater das Geld womöglich als *Fahrgeld* aufgefasst? Als höfliche Aufforderung, zu gehen, so wie das durchschnittene Kabel?

Sie begann, sich Sorgen zu machen. Nein, keine Sorgen, sie kam sich vielmehr missverstanden vor. Und Missverständnisse konnte sie überhaupt nicht ertragen. Sie starrte auf den schwarzen Bildschirm des Fernsehers. Er war wie ein geschlossenes Fenster, beengend, und sah noch dümmer aus, als wenn er lief. Sie seufzte und murmelte: »Vater, das war keine C-Karte, sondern ein A, ein einfaches A.«

Wie viel Zeit wohl vergangen war? Eine gewaltige Müdigkeit überkam sie. Die Uhr zeigte vier. Aber auf einmal wollte sie gar nicht mehr schlafen. Denn ein kurzer Schlaf war schlimmer als lange Schlaflosigkeit. Komisch. Normalerweise war ihr zum Heulen zumute, wenn sie nicht einschlafen konnte. Jetzt fielen ihr dauernd die Lider zu. Hilflos sank sie in den Schlaf.

Sie lag da wie ein gefällter Baum. Auf ihrer Stirn stand kalter Schweiß. Aus ihrem trockenen Mund drang heißer Atem. Sie hatte so lange nicht mehr tief geschlafen, dass sie sich selbst bei Lärm und Licht nicht regte. Ihr war, als regnete es, so sehr schwitzte sie. Ihre Decke war völlig durchnässt. Sie träumte. Ein Spielplatz in der Nachbarschaft, schneebedeckt. Sie sah auf den Spielplatz und dachte: *Diesen Spielplatz kenne ich doch …* Unmittelbar darauf erschien ein ungefähr fünfjähriges Mädchen mit seinem jungen Vater. Das Mädchen schmollte, wohl weil die anderen Kinder vorher mit dem Bus zum Schlittenhof gefahren waren. Bestimmt hatte es schon stundenlang versucht, seinen Vater zu überreden, es auch fahren zu lassen. Das war im Traum zwar nicht so zu sehen, aber sie wusste es, so wie sie alles bereits wusste. Das Kind folgte seinem Vater auf den Spielplatz; es grollte immer noch. Auf dem knöchelhoch mit Schnee bedeckten Spielplatz befanden sich nur das Kind und sein Vater. Der Vater hatte eine Plastikschaufel über der Schulter, die wie ein riesiger Löffel aussah. Er setzte sie ab und hob das Kind mit Schwung darauf. Das

Kind war winzig, es passte genau in die Schale. Der Vater fing an, die Schaufel kreisen zu lassen. Das Kind jauchzte; es war außer sich vor Freude. Ermuntert von dieser Reaktion, drehte sich der Vater immer schneller. Vater und Kind hatten beide rote Gesichter, der Unterleib des Vaters sah sehr frisch und fest aus. Plötzlich saß sie selbst in der Schaufel. Weil sie sich immer schneller drehten, verschwamm das Gesicht ihres Vaters. Die Geschwindigkeit machte ihr Angst. Sie wollte ihrem Vater zurufen, er solle aufhören, aber sein Gesicht verschmolz immer mehr mit der Landschaft.

Das Seltsame an dem Traum war, dass es sehr kalt war und dass sie es war, die schwitzte, obwohl doch nicht sie, sondern ihr Vater sich bewegte. Und je mehr ihr Vater sich anstrengte, um sie zu erfreuen, desto stärker schwitzte sie. Obwohl der Traum schön war, verzog sich ihr Gesicht vor Pein. Sobald der Schweiß auf ihrer Haut abkühlt, wird ihr kalt werden und sie wird aufwachen, ganz von allein. An den Traum, der dann in weite Ferne gerückt sein wird, wird sie sich nicht mehr erinnern können. Und wenn sie sich doch daran erinnert, wird sie ihn für ein Bild aus irgendeiner Fernsehserie halten. Sie wird wieder bis hundert zählen und grübeln, welcher von den tausend Gründen für ihre Schlaflosigkeit der wahre ist. Dann wird sie vielleicht heftig weinen, nur um danach wieder die Lage zu wechseln und zu murmeln: »So etwas wie einen wahren Grund gibt es nicht.«

Die ewige Erzählerin

Ich bin jemand, der oft darüber nachdenkt, was für ein Mensch er ist. Ich bin jemand, der, um das herauszufinden, antwortet, wenn er gerufen wird, aber weil es ihm seltsam erscheint, dass er gerufen wird, ständig *deinen* Namen ruft.

Ich bin auch jemand, der oft darüber nachdenkt, was für ein Mensch *du* bist. Bist du zynisch oder nicht, bist du eitel oder nicht. Findest du zynische und eitle Person mich nun sympathisch oder nicht. Ich bin jemand, der nicht lieben kann, bevor er sich seiner nicht sicher ist, und doch jedes Mal die Luft anhält, wenn ihn jemand berührt.

Ich bin jemand, der Worte sammelt, ich bin eine Sammlerin meiner selbst. Ich bin jemand, der sich stirnrunzelnd betrachtet und zu sich selbst am härtesten ist. Deshalb bin ich jemand, der in der Kneipe den Harndrang zurückhält, sich vorbeugt und Leuten zuhört, die einem erzählen, was für ein Mensch man ist. Ich bin jemand, der sich ein bisschen für etwas Besonderes hält und sich deshalb darüber entrüstet, dass vielleicht auch die Person vor oder neben mir sich für etwas Besonderes hält.

Vielleicht könnte ich mich auch beschreiben als *jemand, der nur eine Sache pro Tag erledigen kann.* Falls mein größtes Anliegen heute darin bestehen sollte, meine Turnschuhe zu waschen, dann bin ich jemand, der an dem Tag wirklich nur seine Turnschuhe wäscht. Ich bin zwar faul, aber fleißig insofern, dass ich den ganzen Tag, egal, ob ich sitze oder liege, nur daran denke, dass ich heute *eigentlich meine Turnschuhe waschen müsste* … Ich bin jemand, der Leute, die mit ihrem Wissen protzen, unsympathisch findet, sich selbst aber freut, wenn er von einem Besucher zu hören bekommt: *Sie haben aber viele Bücher*. Ich bin jemand, der Witze mag, aber witzigen Leuten feindselig gegenübersteht. Ich bin jemand, der manchmal wegen nur zehntausend Won deprimiert ist, jemand, der vor dem Geldautomaten immer die Person hinter sich wahrnimmt.

Ich bin jemand, der aufatmet, nachdem er andere zum Lachen gebracht hat. Ich bin jemand, der seine Vorurteile hochhält, jemand, der sich beeilt hat, zu diesen Vorurteilen zu kommen, dabei unterwegs gestürzt ist und sie nun nicht mehr loslassen kann. Ich bin jemand, der Aljoschas Satz: *Das ist eine Frage, die Kreuzträger stellen* unterstreicht. Ich bin ein Niemand, der aus Angst, wirklich ein Niemand zu sein, weiche Knie bekommt.

Ich bin das von mir selbst Gefürchtete, das von sich selbst Herabgewürdigte, das von sich selbst Befragte. Ich bin das, was sich mit großen Augen anstarrt, was sich einen verstohlenen Blick zuwirft, was ein Auge zudrückt. Ich bin jemand, der sagt, dass alles in Ordnung sei, der sich entschuldigt, der sich bedankt. Ich könnte auch etwas zur Blutgruppe sagen, zum Sternzeichen oder zu den Kommentaren, die ich mit angelecktem Finger durchgeblättert habe. Ich bin eine Person, über die sich noch Vieles mehr sagen lässt.

Ich habe alles Mögliche zusammengescharrt, aber du sagst

immer, das sei nicht genug. Ich hebe erneut zu sprechen an. Und wie bei einem Liebesbekenntnis von jemandem, an dem man kein Interesse hat, wird es immer etwas langweilig.

Ich bin jemand, der oft danach fragt, was für ein Mensch er sei. Ich bin jemand, der sich umdreht, um das zu beantworten, aber gleichzeitig deine Antwort abwartet, weil es ihm seltsam erscheint, dass es um ihn gehen soll.

Ich bin jemand, der auch ständig fragt, was für ein Mensch *du* bist. Bist du humorvoll oder nicht. Bist du materialistisch oder nicht. Findest du humorvoller und materialistischer Mensch mich nun sympathisch oder nicht. Ich bin jemand, der nicht lieben kann, bevor er nicht *gefragt* hat. Aber ich bin auch jemand, dem das Herz klopft, wenn du mich rufst.

Ich bin meine erste Liebe. Ich bin mein ungelesener Kanon. Ohne Schuld an mir zu tragen, bin ich mir zur Strafe geworden. Daher bin ich jemand, der, um zu erklären, was für ein Mensch er ist, vor dem Internet-Chatroom den Harndrang zurückhält und Kette raucht. Ich bin jemand, der dir gefallen möchte. Aber ich bin auch jemand, der weiß, dass man in Wirklichkeit nur sich selbst gefallen will.

Vielleicht könnte ich mich als *einfühlsam* beschreiben. Ich bin zwar ein warmherziger Mensch, aber rücksichtslos in der Hinsicht, dass ich weniger dich, sondern vielmehr die Höflichkeit liebe, mit der ich deiner Verzweiflung lausche. Ich bin jemand, der zwar hochnäsige Menschen nicht mag, aber auch bescheidenen Menschen misstraut. Ich bin jemand, der vor einem Bild steht, das alle mögen, und sich denkt, dass er dieses Bild eigentlich *nicht besonders* mag. Ich bin jemand, der denkt: *Es gibt ein Ich, das ihr nicht kennt*, und: *Ihr wisst es vielleicht nicht, aber ich weiß es*. Ich bin jemand, der nickt, obwohl er nicht derselben Meinung ist. Ich bin eine nervöse Schwätzerin. Ich bin meine Geschichte. Ich bin die, für die du mich hältst. Ich bin eine Fußnote meiner selbst.

Es gab eine Zeit, in der ich Selbstvorwürfe für den Beweis hielt, mich gut zu kennen. Hochmut, Selbstgefälligkeit. Ich kam mir dir gegenüber *authentisch* vor und war froh, dass ich so reden konnte. In der Rückschau aber war das immer noch schlechter als *so zu tun als ob*.

War es an jenem Tag auch so? Habe ich vor dir nach passenden Worten gesucht, wie eine Frau, die nach etwas Passendem zum Anziehen sucht? Wenn es wirklich so ist, dass ich mich nur auf eine Sache pro Tag konzentrieren kann, habe ich an jenem Tag sicher auch nur über ein Eines nachgedacht. Selbst wenn es sich um etwas so Banales gehandelt haben sollte, wie das Handy im Servicecenter abzugeben oder den Zahnbecher abzuwischen. An jenem Tag wird dieses Eine das Wichtigste für mich gewesen sein.

Die U-Bahn fuhr Kopf voran in den Unterbauch des trägen Nachmittags und raste in eine Stadt, deren Name das chinesische Schriftzeichen für *Fluss* in sich trägt. Die Menschen an der Station standen da wie vor ewigen Zeiten abgestellt. Das war anfangs sehr befremdend, so als würde niemand auf eine Lüge hereinfallen, weil alle dieselbe Lüge erzählen.

Als ich die Treppe hinunterlief, wollte die Bahn gerade abfahren. Bin ich jemand, der, wenn ihn ein Sektenprediger anspricht, einfach vorbeigeht oder lächelnd abwehrt? Bin ich jemand, der glaubt, dass es Außerirdische gibt? Bin ich jemand, der gerne Bohnen im Reis hat? Für mich, die ich auf diese Fragen bereits eine Liste von Antworten habe, war diese im Abfahren begriffene Bahn etwas, das ich einfach fahren lassen musste. Aber der Reiz, der von schließenden Türen ausgeht, ist so groß, dass ich mich manchmal dabei ertappe, Hals über Kopf loszurennen.

In der Bahn war es ruhig. Ich saß außerhalb des Bereichs, in dem das einfallende Licht bizarre Muster auf dem Boden bildete, und sah mich um. Deine unter dem Rock zusammengepressten Beine, der Reißverschluss, der sich über deinen vorgewölbten Bauch spannt, die Nike-Turnschuhe, die du wahrscheinlich unbedingt hattest haben wollen, deine Freundin, die dir von hinten aufs Ohr pustet, dein Blick, der die zerknüllte Papiertüte auf der Gepäckablage fixiert, der Kadett, wie man ihn alle paar Waggons findet. Wenn sich etwas verändert hat, dann höchstens, dass ich jetzt noch kleinlicher bin als früher. Es gefällt mir nicht, dass du die Hose bis zur Brust hochgezogen trägst, dass du beim Sitzen die Beine spreizt, dass du deinen Kaugummi mit offenem Mund kaust, dass du über *solche* Witze lachst, dass du *solche* Bücher liest. Wenn man darüber nachdenkt, können es genau *solche* Kleinigkeiten sein, die uns zu Mördern machen.

Aber ich spähe jetzt nicht mehr so umher. Ich habe nämlich eine Methode gefunden, die Leute unauffällig zu kategorisieren. Du vor mir zum Beispiel bist vielleicht jemand, von dem es heißt, er sei »als Mensch ja ganz in Ordnung, aber leider völlig inkompetent«. Oder jemand, von der man sagt, »ihre Familie ist reich, auch wenn sie *so* herumläuft«, oder jemand, der als »unflexibel« gilt oder von dem es heißt, er sei »als einer mit den besten Noten aufgenommen worden«. Du da bist wahrscheinlich jemand, der sich über leere Worte freut und über aufrichtige Anteilnahme ärgert. Du bist vielleicht jemand, der sich aufregt, wenn jemand sagt: »Dir geht es doch besser als mir«, oder jemand, der aufhorcht, wenn ein anderer sagt: »Weißt du, der ist echt in Ordnung«. Du bist ein *schwerer* Mensch. Du bist ein *leichter* Mensch. Du bist jemand, der sein Essen aufisst, obwohl es dir nicht schmeckt. Du bist vielleicht jemand, der wegen übler Nachrede wegziehen musste. Oder womöglich jemand, der bei den Nachrichten im Fernsehen nörgelt. Du bist jemand, der im Bus oder in der Toilette die letzte Reihe bevorzugt. Jemand, der seine Frau schlägt, jemand, der bei allen beliebt ist, jemand, dem ich vielleicht irgendwann einmal begegnet bin. Als sich unsere Blicke während der kurzen Fahrt zufällig trafen, fasste ich an mein Mobiltelefon, wie früher die Leute, die sich beim Lügen an die Nase fassten.

Manche Zufälle treffen einen wie elf Uhr elf oder vier Uhr vier. Der Zufall, dass wir an jenem Tag zu eben jener Zeit im selben Abteil saßen. Das Glück oder auch die Einsamkeit, die sich nur dem zeigt, der just in dem Moment auf die Uhr schaut. Da es aber jeden Tag elf Uhr elf wird, war unsere Begegnung keine Begegnung.

Ich spürte, dass mich jemand musterte. Da ich, seit ich erwachsen bin, weiß, dass man andere Leute nicht anstarren darf, schon gar nicht in der Bahn, fühlte ich mich unwohl. Ein wenig später kam sie auf mich zu.

»Bist du nicht die Soundso?«

Da ich tatsächlich die Soundso war, schreckte ich auf, als ich meinen Namen hörte.

»Was für ein Zufall! Ich hätte dich fast nicht erkannt.«

Mit einem strahlenden Lächeln setzte sie sich neben mich. In ihrem hellrosa Kleid und mit dem Duft von Kenzo Flower machte sie einen heiteren Eindruck. Dazu hatte sie etwas von der anstrengenden Gutherzigkeit einer Kindergärtnerin an sich. *Wer war das bloß?* Ich runzelte die Stirn, sie rückte noch näher an mich heran und begann, in ihrer Handtasche zu kramen.

»Mensch, wie lange das her ist! Dass du dich aber auch kein einziges Mal gemeldet hast.«

Sie machte auf niedlich, verzog die Lippen zu einem Schmollmund. Es war das Gesicht eines Menschen, der genau weiß, wann ihm welcher Ausdruck am besten steht. Sie hatte dieses merkwürdige Selbstbewusstsein, das ehemaligen Schulkameraden gemein ist, die einen zuerst ansprechen. Wild kramte sie in ihrer Handtasche, zog eine Visitenkarte hervor und reichte sie mir. Jihye Lee. Ich konnte mich nicht erinnern. Unter dem Namen stand kleingedruckt *Webdesign*. Ich fürchtete, sie könnte merken, dass ich mich nicht an sie erinnerte. Leute aus der Schulzeit, an die ich mich erinnern konnte, waren entweder besonders gut in der Schule gewesen oder Problemkinder – an die große Masse dazwischen erinnerte ich mich nicht. Zu dieser Gruppe gehörte sie wohl. Obwohl man sich nichts darauf einbilden kann, sich an jemanden zu erinnern, dachte ich, hätte sie sich vielleicht gefreut, wenn ich sie angesprochen hätte. Und schon war ich wieder zu jemandem geworden, der Rücksicht nimmt, jemand, der auf sein Gegenüber erst einmal herabschaut, um auf ihn Rücksicht zu nehmen. Zögernd steckte ich die Visitenkarte ein.

»Ja, ich habe derzeit mit niemandem Kontakt …«, erwiderte ich, den Blick auf ihre kupferschimmernden Beine gerichtet. Sie sah mich erwartungsvoll an. Mit einem unschuldigen Gesicht sagte ich, ich hätte keine Karten. Das mache nichts, erwiderte sie lebhaft und fing an, mir von den ehemaligen Schulkameraden zu erzählen.

»Erinnerst du dich an Jieun? Die soll letztes Jahr einen Chinesen geheiratet haben. Und stell dir vor, ihr Mann soll total reich sein. Du weißt doch, in China sind die Reichen wirklich reich.«

Ich erinnerte mich an keine Jieun. »Jieun?«

»Ja, Jieun«, bekräftigte sie.

Ich runzelte die Stirn.

»Die Nummer 1 der Klassenliste.« Ihre Stimme hatte einen leicht tadelnden Klang.

Aber sie hatte mit solch einer Selbstverständlichkeit gesprochen, dass ich zögerlich fragte: »… die Kleine, die jeden Tag zu spät kam?«

Ihr Gesicht hellte sich auf. Sie rief: »Genau! Wir haben doch damals von den Zuspätkommern Strafgeld kassiert und sind damit am Jahresende alle zusammen chinesisch essen gegangen.«

Den Blick weiterhin auf ihre glatten Beine gerichtet, nickte ich verhalten. *Ach ja?* Jihye Lee trug eine Spraystrumpfhose.

»Myungwha. An die erinnerst du dich doch, oder? Die hat sich die Nase richten lassen, wusstest du das?«

Ich erinnerte mich an keine Myungwha. »Myungwha?«

Sie antwortete: »Ja, Myungwha.«

Mir fiel nichts Besseres ein als: »Ach ja? Dann ist sie wohl hübsch geworden.«

»Von wegen!! Sie ist die erste, die selbst nach einer Schönheitsoperation alles andere als hübsch ist!«

Sie warf mir einen verschwörerischen Blick zu und lachte laut auf. Unbeholfen lachte ich mit. Ich war ein wenig erstaunt, dass sie so genau über die alten Schulkameradinnen Bescheid wusste. Sie fragte weiter.

»Erinnerst du dich an Seonmi?«

»Seonmi?«

»Ja, Seonmi.«

Ich erinnerte mich weder an Seonmi noch an Myungwha, Jieun oder *sie*, doch in dem Augenblick hatte ich das Gefühl, lügen zu müssen. Und wenn schon, dann richtig.

»Seonmi? Ja, sie hat mich neulich angerufen. Meinte, sie habe zufällig an mich denken müssen, und hat ein Treffen vorgeschlagen.«

»Was? Seonmi?« fragte sie bestürzt.

»Ja«, antwortete ich.

»Wann war das?« fragte sie.

Ich überlegte einen Moment und erwiderte dann leichthin: »Vor ein paar Tagen.«

»Bist du sicher?« fragte sie. Ihr Gesicht war ernst.

»Vielleicht war es auch vor ein paar Monaten? Warum?«

Sie schluckte trocken und antwortete: »Sie … sie ist doch tot.«

»…«

Ich war so bestürzt, als ob wirklich jemand, den ich kenne, gestorben wäre.

»Wie ist das passiert?«

»Wusstest du das nicht? Sie ist bei einem Motorradunfall ums Leben gekommen. War mit ihrem Freund unterwegs. Das hat mir Jiyoung vor kurzem erzählt, ich war auch ganz geschockt. Seltsam. Bist du sicher, dass es Seonmi war?«

»Nein, dann war es wohl jemand anders. Ich muss mich geirrt haben.«

Erleichtert seufzte sie auf, auch wenn die Anspannung aus ihren Gesichtszügen noch nicht ganz verschwunden war. Die Stille währte nur kurz, dann fing sie wieder an zu erzählen. Über ihre erste Liebe, einen Schüler von der benachbarten Jungenoberschule, der sie neulich aufgesucht habe, um ihr eine Versicherung zu verkaufen, wie pervers ihr Klassenlehrer auf der Oberschule gewesen sei, und wie gut der Sohn des Tante-Emma-Ladens vor der Schule ausgesehen habe. Nichts von dem, was sie erzählte, kam wirklich bei mir an, aber ich tat so, als wäre ich ganz Ohr und streute ab und zu *Wirklich?* oder *So war das also!* ein. Ich hatte das Gefühl, alles, was sie erzählte, schon einmal gehört zu haben, und gleichzeitig, es zum ersten Mal zu hören. Um ihren Mund herum hatte ihr Speichel einen schaumig-weißen Rahmen gebildet. Während ich ihr zuhörte, versuchte ich mich krampfhaft daran zu erinnern, wer sie war. Kurz darauf stellte sich unangenehmes Schweigen ein. In der nachmittäglichen U-Bahn herrschte Trägheit, das einfallende Licht zeichnete nach wie vor in rasanter Folge bizarre Muster auf den Boden. Ich fragte, bis wohin sie fahre. Sie sagte, ein paar Stationen weiter steige sie aus. Dann schwiegen wir wieder.

Bedächtig öffnete ich den Mund: »Übrigens …«

Erfreut, dass ich etwas sagen wollte, neigte sie sich zu mir, als wollte sie mir zu verstehen geben, dass ich ihr alles sagen könne.

»… Wo hast du die Strumpfhose her?«

»Die hier?« fragte sie etwas verdutzt und begann, mir die Vorzüge von Airstrumpfhosen und die jeweiligen Marketingstrategien von Homeshoppingfirmen darzulegen. Der weiße Schaum um ihren Mund störte mich immer noch. Ich fragte, ob ihr die Arbeit Spaß mache. Sie sagte, im Großen und Ganzen, ja. Ich fragte, ob sie einen Freund habe. Sie sagte, ja, er sei Angestellter. Ich fragte, ob sie allein lebe. Sie sagte, ja. Daraufhin wussten wir uns wieder nichts zu sagen. Sie sagte, ich solle doch mal auf ihrer Homepage vorbeischauen, die Adresse stehe auf ihrer Visitenkarte. Ich sagte, das würde ich. Aber ich besuche nicht gern die Mini-Homepages ehemaliger Schulkameradinnen. Irgendwann ging es mir auf den Wecker, dass alle so taten, als wüssten sie nicht, dass jemand darauf gewesen ist – obwohl sie es alle ganz genau wussten –, nur um ihr Leben wieder von neuem vor einem auszubreiten. Unter den farbenfrohen Bildern reihen sich die verschiedensten persönlichen Kommentare aneinander, alle scheinen glücklich. In der Online-Welt veranstalten wir täglich Klassentreffen.

Von der anderen Seite kam ein Mann mit einer getönten Brille. Ein Bettler. Im Rhythmus eines bis zum Anschlag aufgedrehten *Amazing Grace* kam er auf uns zu. Obwohl das nicht ungewöhnlich war, verkrampften wir ein bisschen, um mehr Selbstsicherheit auszustrahlen. Jihye Lee lästerte inzwischen über den Stufenleiter in der Oberschule, der Mathematik unterrichtet hatte. Ich hörte ihr nur halb zu und beobachtete den uniformierten Kadetten, der mir gegenübersaß und auf der Suche nach seinem Portemonnaie in seinen Taschen kramte. Hektisch tastete er sich ab, um dann, wie einer plötzlichen Eingebung folgend, seinen James-Bond-Koffer auf den Schoß zu nehmen. Der Bettler näherte sich. Der Kadett öffnete seinen Koffer. Offenbar war er so schwer, dass er ihn wieder auf den Boden stellte, und suchte darin nach seinem Portemonnaie. Mit einem schnellen Blick inspizierte ich das Innere des Koffers.

»Alles nur Komplexe, sage ich.«

»Hm? Was meinst du?«

»Der Stufenleiter.«

»Was? Ach so.«

Der Kadett suchte immer noch nach seinem Portemonnaie. Er zog eine kleine Tasche aus dem Koffer, öffnete ihren Reißverschluss und nahm sein Portemonnaie heraus. Der Bettler war mittlerweile auf unserer Höhe angekommen und vor dem Kadetten stehengeblieben.

»Du hast dich echt keinen Deut verändert«, seufzte Jihye Lee.

»Wieso? Wie war ich denn?«

Den Blick immer noch auf den Kadetten gerichtet, ertappte ich mich dabei, dass ich darauf wartete, dass er, nachdem er unter so viel Mühe sein Portemonnaie herausgekramt hatte, dem Bettler nun etwas gab. Der Kadett öffnete sein Portemonnaie.

»Du warst doch damals immer allein. Immer deprimiert.«

Im selben Moment zog über das Gesicht des Kadetten ein Anflug von Bestürzung.

»Ich?«

In seinem Portemonnaie waren nur grüne Scheine, alles Zehntausender.

»Ja, wegen Eunmi … na ja, ist ja mittlerweile alles Schnee von gestern. Ich bin jedenfalls froh, dass es dir gut geht.«

Der erblasste Kadett durchsuchte die Fächer seines Portemonnaies. Der Bettler vor ihm rührte sich nicht vom Fleck. Inzwischen verfolgten fast alle im Abteil das Schauspiel.

»Was meinst du …?«

Jihye Lee registrierte meine Reaktion genau, dann sagte sie betont weich: »Weißt du nicht mehr? Wir haben doch damals zusammen zu Mittag gegessen.«

In dem Moment glaubte ich mich zu erinnern, wer Jihye war. Aber war diese Jihye dieselbe? Lachend fuhr sie fort: »Du warst damals nett.«

Der Kadett hatte einen Entschluss gefasst. Sorgfältig und gekonnt vollführte er die Prozedur noch einmal, diesmal nur in umgekehrter Reihenfolge. Er gab dem Bettler also nichts, klappte sein Portemonnaie wieder zu, steckte es in die kleine Tasche, zog den Reißverschluss zu, verstaute sie im James-Bond-Koffer, klappte ihn zu und legte ihn sich auf den Schoß. Empört stand ich auf.

»Steigst du hier aus?«

»Was? Nein«, antwortete ich unwillkürlich und setzte mich wieder.

Verwundert sagte Jihye: »Ich steige hier nämlich aus.«

Der Bettler, der bis dahin vor dem Kadetten gestanden hatte, verzog das Gesicht und entfernte sich langsam. Jihye Lee stellte sich an die Tür und meinte, es wäre doch schön, sich im Herbst auf dem Klassentreffen zu sehen. Und fügte hinzu, dass der Ginkgobaum auf unserem Schulhof doch auch sehr schön gewesen sei. Die Bahn hielt an. Beim Aussteigen fragte sie mich, als sei ihr das gerade noch eingefallen: »Wohin fährst du eigentlich?«

Noch bevor ich antworten konnte, gingen die Türen zu, und auch das Kirchenlied des Bettlers zog ins nächste Abteil.

Wohin fährst du eigentlich? Ja, wohin fuhr ich? Ach ja, ich war auf dem Weg zu dir.

Meine Laune war im Keller. Wenn ich alte Mitschülerinnen treffe, bekomme ich schlechte Laune. Vor allem, wenn ich die treffe, die zu einer Zeit gehören, an die ich nicht erinnert werden will. Denen gegenüber empfand ich Unmut, allein weil sie mich gesehen hatten. Während sie mich lachend begrüßten und sich nach meinem Befinden erkundigten, dachten sie insgeheim garantiert an damals. Dieser Unmut befiel mich nicht nur dann, wenn ich ehemalige Mitschülerinnen aus meiner depressiven Phase traf. Einmal begegnete ich in einem Fastfood-Restaurant einer alten Kameradin aus der Mittelschule. Sie war gerade einmal Zwanzig, trug ein in eine Decke gewickeltes Baby auf dem Rücken und hatte einen etwa fünfjährigen Sohn an der Hand.

»Bist du nicht die Soundso?« näselte sie und kam auf mich zu. Da ich tatsächlich die Soundso war, erschrak ich wie immer, wenn ich meinen Namen höre. Damit sie sich nicht für ihren Anblick schämen musste, wurde ich sofort wieder zu der netten und guten Schülerin von damals und sagte, ihr Baby sei aber süß. Daraufhin wusste sie anscheinend, obwohl sie anfänglich so viel Freude gezeigt hatte, nicht so recht, was sie sagen sollte. Also fragten wir uns Dinge, die man sich so fragt, wenn man alten Mitschülern begegnet. Als sich diese Themen erschöpft hatten, rief ich mir mit Mühe den Namen ihrer damals besten Freundin wieder ins Gedächtnis und erkundigte mich nach deren Befinden. Daraufhin fragte sie hocherfreut: »Miyoung? Miyoung wohnt immer noch da, wo sie früher gewohnt hat. Soll ich dir ihre Telefonnummer geben? Hast du ein Stück Papier?« Mir war nicht klar, warum sie mir die Nummer geben wollte, obwohl doch sie diejenige war, die mit Miyoung befreundet war. Ihr Eifer machte mich verlegen. Mit der einen Hand das unter der Decke immer wieder nach unten rutschende Baby stützend, kramte sie mit der anderen Hand in ihrer Tasche nach Kugelschreiber und Papier, fischte beides heraus und schrieb die Nummer auf. Die naive Freundlichkeit, mit der sie mich schon zu Schulzeiten behandelt hatte, tat mir leid. Und das Mitleid empfand ich als banal. Trotzdem brachte ich es nicht über mich, ihr wenigstens die Tasche abzunehmen. Bei Jihye Lee war es nicht anders gewesen. Wenn mich mein Gedächtnis nicht trog, war sie eine Freundin, die Leute in kleine Geheimnisse einweihte, um ihnen im Gegenzug größere zu entlocken. Auch wenn ich mir nicht sicher war, dass es sich dabei um Jihye Lee handelte, sicher war, dass es auch in meiner Klasse so jemanden gegeben hatte. Jedenfalls war ich mit Jihye nicht besonders eng befreundet gewesen. Aber eines Tages war sie in einer Freistunde an meinen Platz gekommen und hatte mich in ein Gespräch verwickelt. Im Laufe dieses Gesprächs, das länger und immer länger wurde, überkam mich das Bedürfnis, ihr irgendetwas anzuvertrauen, also offenbarte ich ihr, wie sehr mich meine damaligen Freundinnen nervten. Vom selben Tag an begannen meine Freundinnen, eine nach der anderen, sich von mir zu entfernen, und ehe ich mich versah, musste ich meine Lunchbox alleine essen. Das mag banal klingen, aber jeder, der seine Lunchbox schon einmal allein gegessen hat, weiß, wie schlimm das ist. Der Schmerz besteht nicht darin, dass man allein ist, sondern dass alle *sehen*, dass man allein ist. Das war für mich unerträglich. Ich hatte diese Sache lange vergessen, doch als Jihye *zusammen zu Mittag gegessen* sagte, war es mir wieder eingefallen. Erstens, dass mir so etwas passiert war, und zweitens, dass die Person, die mir das eingebrockt hatte, Jihye Lee hieß. Es kann natürlich sein, dass sie sich selbst nicht mehr daran erinnert. Schließlich hatte nicht sie allein essen müssen. Plötzlich kam ich mir vor wie ein Idiot, weil ich so arglos ihrem Geschwätz beigepflichtet hatte. Aber darüber wollte ich jetzt nicht weiter nachdenken. Erstens werde ich auch weiterhin zu keinem Klassentreffen gehen und zweitens werde ich ihr ohnehin nicht wieder über den Weg laufen. Elf Uhr elf war vorbei, ich brauchte mir jetzt weder um elf Uhr zwölf noch um elf Uhr dreizehn den Kopf zu zerbrechen.

Die Bahn raste weiter. Die ganze Zeit über war ich in Gedanken bei dir. Bei der Person, die mich von allen anderen am besten kannte, die jetzt aber nicht da war. Säße ich jetzt mit ihm hier, den Kopf an die Scheibe gelehnt, den Blick in dieselbe Richtung, dann hätte ich *dich da*, der du mit weit gespreizten Beinen dasitzt, und dich dort, der du schmatzend Kaugummi kaust, vielleicht nachsichtiger betrachtet.

Wie wir uns umarmt, wie wir uns gekratzt haben – wie wir uns wieder umarmt, dann wieder abgestoßen haben –, daran erinnere ich mich kaum. Mir fallen nur kleine Dinge ein, die mir damals nichtig erschienen, etwa wie du die Stäbchen gehalten hast, der Abdruck deiner Zähne auf der Gurke, von der du vor dem Trinken abgebissen hast, deine seltsam geformte Zehe, die abschätzige Bemerkung über den Schauspieler, für den ich schwärmte, die Farbe des Bauchspecks, den du für mich in aller Ruhe auf dem Grill gebraten hast. Als ob ganz kleine Dinge jemanden dazu bringen könnten, jemand anders umzubringen. Vielleicht sind es aber auch diese kleinen Dinge, für die man jemand anderen liebt. Und jetzt sitze ich in der U-Bahn, den Kopf an die Scheibe gelehnt, und denke an das Spiel, das du und ich vor langer Zeit auf dem Weg zur Station gespielt haben; das Wetter war wie heute, auch die Zeit war gleich.

Du und ich waren damals jung. Wir liefen über den im prallen Sonnenschein liegenden Asphalt und suchten die Station. Es war so heiß, dass ich nicht einmal zu einem kleinen Scherz aufgelegt war. Nach einem vorsichtigen Blick in meine Richtung schlugst du mir plötzlich ein Spiel vor. Es hieß: *Ich wünschte …* Als ich dich fragte, wie man es spiele, sagtest du, man brauche nur zu sagen, was man sich wünscht. Obwohl ich total erschöpft war, willigte ich ein. Deine Miene hellte sich auf. »Derjenige, der keinen Wunsch mehr hat, hat verloren, okay?«

Er fing an und sagte, er wünschte, die Zigaretten würden nicht teurer werden. Ich sagte, ich wünschte, ich könnte pro Tag zwanzigtausend Won Taschengeld bekommen. Er sagte, er wünschte, er gewänne im Lotto. Ich sagte, ich wünschte, ich wäre gut in Englisch. Er sagte, er wünschte, er hätte ein eigenes Haus. Ich sagte, ich wünschte, meine Brüste wären größer. Er sagte, er wünschte, sein Vater würde sich endlich zusammenreißen. Ich sagte, ich wünschte mir ein Notebook. Er sagte, er wünschte, seine Mutter hätte einen Geliebten. Ich sagte, ich wünschte, ich könnte meine Decke draußen in der Sonne aufhängen. Er sagte, er wünschte, jemand würde zu ihm aufschauen. Ich sagte, ich wünschte, andere würden mich nicht immer fragen, ob es mir gut gehe. Er sagte, er wünschte, er hätte eine Digitalkamera. Ich sagte, ich wünschte, ich wäre jemand, der Witze reißen kann. Er sagte, er wünschte, er könnte beim Friseur ein, zwei Stunden lang einfach nur die Haare gewaschen bekommen. Ich sagte, ich wünschte, ich könnte ein wertvoller Mensch sein. Er sagte, er wünschte, er könnte ein Instrument spielen. Ich sagte, ich wünschte, ich hätte gerade Zähne. Er sagte, er wünschte, er könnte gut tanzen. Ich sagte, ich wünschte, ich könnte mein Leben lang nur von Mieteinnahmen leben. Er sagte, er wünschte, er wäre gut in Sport. Ich sagte, ich wünschte, ich könnte ein intelligenter Mensch werden. Er sagte, er wünschte, er besäße ein Auto. Ich sagte, ich wünschte, mir müsste nichts mehr leid tun.

Eine Weile später sagte er, er wünschte, er könnte ich sein. Eine Weile später sagte auch ich, ich wünschte, ich könnte er sein. Eine Weile später sagte er, er wünschte, er könnte mit mir schlafen. Eine Weile später sagte auch ich, ich wünschte, ich könnte mit ihm schlafen. Über unseren Köpfen fuhr die Bahn hinweg. Sie zog eine Linie wie ein schlechtes Omen. Eng umschlungen standen wir lange da.

Eines Tages sagtest du dann, du wünschtest, du könntest dich von mir trennen.

Nachdem du mich verlassen hattest, wurde ich so schwer depressiv, dass mich nichts mehr erschrecken konnte, selbst wenn mir mitten in der Nacht ein Alien über den Weg gelaufen wäre. Ich vergaß immer mehr, wer ich war. Mal war ich Klassensprecherin im letzten Oberschuljahr, mal eine studentische Aushilfskraft, mal eine junge Frau, die unter einem wohnt, mal das bravste jüngste Kind, mal die Kundin einer Mobiltelefonfirma, mal die Zuschauerin in der ersten Reihe, die dem Publikum hinter ihr die Sicht versperrt, mal eine Kommilitonin, die älteren Kommilitonen gegenüber höflich ist, mal eine unbeholfene Mitarbeiterin auf Probe, mal eine Steuerzahlerin, die oft die Frist überschreitet, mal eine Bekannte, mal eine Stammkundin in einer Kneipe, mal eine achtsame Konsumentin. Ich wurde immer mehr zu einem Nichts. Deshalb war ich unterwegs zu dir, ohne Plan, ohne Ankündigung.

Nächste Station Endstation, hallte es durch die Bahn. Man bitte alle Fahrgäste auszusteigen und beim Ausstieg darauf zu achten, nichts liegen zu lassen. Obwohl ich ohnehin vorgehabt hatte, an dieser Station auszusteigen, fühlte ich mich wie immer bei dieser Ansage irgendwie zurückgewiesen. Gleichzeitig hatte ich immer, sobald ich ausgestiegen war, das Gefühl, etwas liegengelassen zu haben, selbst wenn das nie der Fall war. Ich sah der langsam im Tunnel verschwindenden Bahn nach und dann auf die Uhr. In diesem Moment fiel mir wieder ein, was Jihye Lee gesagt hatte. Dass es doch schön wäre, wenn wir uns im Herbst auf dem Klassentreffen wiedersähen. Und ob der Ginkgobaum auf dem Schulhof nicht schön gewesen sei. Auf unserem Schulhof hatte es gar keinen Ginkgobaum gegeben! Abrupt drehte ich mich um und sah eine ganze Weile verlangend in den Tunnel, in dem die Bahn soeben verschwunden war.

An jenem Tag ging ich schließlich doch nicht zu dir, sondern fuhr den ganzen Weg wieder zurück. Wie betäubt saß ich in der Bahn und dachte: *Ich wünschte, ich könnte dies und das.*

Deshalb, nochmal. Deshalb, immer noch –

Ich denke oft darüber nach, was für ein Mensch ich bin. Ich bin genauso weit von mir entfernt wie du, sodass ich mich immer, trotz meiner selbst, erfinden muss. Ich erfinde mich selbst, aber weil es mir seltsam vorkommt, dass ich so aussehen soll, greife ich ständig auf deine Vorstellungen zurück.

Ich denke auch oft darüber nach, was für ein Mensch du bist. Hast du viele Komplexe oder nicht, bist du redegewandt oder nicht, findest du komplexbehafteter aber redegewandter Mensch mich nun sympathisch oder nicht. Ich bin jemand, der nicht lieben kann, bevor er nicht *vertrauen* kann, der aber manchmal völlig losgelöst deinen Namen ruft.

Ich bin eine lange Adresse, ich bin ein nur den Titel kopierender Coversong, ich bin jemand, der auf einer Fotografie immer etwas abgeschnitten erscheint. Ich bin jemand, der weniger Kraft und Energie auf das verschwendet, was er zum

Ausdruck bringen möchte, als vielmehr darauf, wie du es aufnehmen könntest. Ich bin jemand, der einen gebildeten Eindruck macht, aber auch jemand, der nicht so aussieht, als ob er sich für alles leicht begeistern lässt. Ich bin jemand, der Leute, die aufrichtig zu sich selbst sind, verabscheut, ich bin jemand, der berechenbar ist, aber sich angesichts der Tatsache entrüstet, dass auch du berechenbar sein könntest.

Ich scharre alles Mögliche zusammen, aber du sagst immer, das sei nicht genug. Ich hebe erneut zu sprechen an. Und wie bei einem Liebesbekenntnis von jemandem, an dem man kein Interesse hat, wird es immer etwas langweilig.

Ich war jemand, der sein Leben nicht damit verbringen wollte, immer nur zu warten. Ich war jemand, der sein Leben nicht nur mit Ausreden verbringen wollte. Ich war jemand, der sich bei Leuten bedankte, die er verachtete. Ich war jemand, der in der Zeit, in der er sich mit Nebenjobs abrackerte, eigentlich gern ein Instrument gelernt hätte. Ich war jemand, der deinen Schmerz herausposaunte. Ich war jemand, der unwissentlich vielleicht schuld an jemandes Tod war. Ich war jemand, der gerne eine elektrische Zahnbürste und einen gepolsterten BH gehabt hätte. Ich war jemand, der früher die Hand vor den Mund hielt, wenn er lachte. Ich bin jemand, der immer noch keine elektrische Zahnbürste besitzt. Ich bin jemand, der immer noch wartet. Ich bin jemand, der so tut, als wäre er nicht zu Hause, wenn er den Vermieter heraufkommen hört, der die Nebenkosten einfordern will. Ich bin jemand, der immer mehr so tut, als wäre er gar nicht da. Ich war jemand, der nicht antworten konnte, wenn du riefst, weil ich so tun musste, als ob ich nicht da wäre, aber auch jemand, der deine Nähe suchte … Deshalb weiß ich auch, dass du mich in diesen vielen Worten am Ende nicht finden wirst.

Ich bin jemand, der verstanden werden möchte, aber zurückweicht, wenn er dein wirkliches Gesicht sieht. Ich bin jemand, der dich liebt. Aber ich bin auch jemand, der weiß, dass diese Liebe mit *Ich* beginnt. Ich bin jemand, der *Trotzdem bin ich …* sagt und dann zusammenbricht, jemand, der nicht aufhören kann, also jemand, der wieder sagt *Ich bin jemand, der oft darüber nachdenkt, was für ein Mensch er ist.* Deshalb wissen wir, wie man unter fließendem Wasser ein Messer reinigt, ohne sich dabei zu schneiden.

Ein Liebesgruß

Ich weiß von längst verschwundenen Worten, versunken wie vor langer Zeit Atlantis im Atlantischen Ozean, unentzifferbar wie ein Ortsschild hinter schlingernden Meerespflanzen. Deine Worte, die nur noch in Form von Gerüchten existieren.

Die Eingeborenen der Insel La Gomera, heißt es, haben eine Sprache, die aus Pfeiftönen besteht. Aus unzähligen Pfeiftönen verschiedener Höhe und Länge. Diese Sprache konnten sie nur deshalb entwickeln, weil sie durch tiefe Schluchten voneinander getrennt lebten. Wenn ich in der U-Bahn sitze – zwischen all den Leuten, die jeden Morgen beim Überqueren des Han-Flusses ihr Leben riskieren – und mich ihrem rhythmischen Schütteln hingebe, schließen sich meine Augen, und ich stelle mir das Pfeifen der im Hochgebirge lebenden Einwohner vor. Ein Pfeifen, wie ich es noch nie zustande gebracht habe. Ein langezogenes Pfeifen, das von den Lippen ausgeht, die Schlucht hinunterfährt, den Berg umkreist, zurückfährt, die Erde einhüllt und dann an meinem Ohr ankommt. Eine Sprache, die mir von Beginn an versprochen war.

Ich weiß auch von einem Ungeheuer, das nach seinem Auftauchen wieder verschwunden beziehungsweise, wie eine armselige Notlüge mit aufgeblähtem Leib, nach seinem Verschwinden wieder aufgetaucht ist. Das dabei erwischt wird, wie es sich verstecken will. Das gerechterweise mit Flossen auf die Welt gekommen ist, mit denen es sofort die Flucht ergreifen kann, sollte es erwischt werden. Das Ungeheuer von Loch Ness – Nessie.

Ich war neun, als ich ihr zum ersten Mal begegnete. Auf einer alten Aufnahme in dem Buch *Weltwunder*, das mir mein Vater gekauft hatte. Das Foto hatte der Chirurg Wilson im Jahr 1933 in der Nähe von Loch Ness geschossen. Nessie ragt darauf halb aus dem See und meditiert. Über Wasser sind ihr Hals und der fast lächerlich kleine Kopf, der glatte Buckel und ein paar Barthaare am Kinn (diese Stelle hatte der Redakteur eingekreist und vergrößert), die restlichen (unbekannten) Teile sind darunter. Mein erster Eindruck von Nessie war, wie soll ich sagen … dass sie ein wenig einsam aussah. Ich wusste nicht, wie ich das Gefühl benennen sollte, aber wie es sich anfühlte, das wusste ich.

Als ich Nessie sah, bekam ich Herzklopfen. Nicht, weil sie riesig oder furchteinflößend war, sondern weil es sich um ein vor langer Zeit von der Bildfläche verschwundenes Lebewesen handelte. Nessie hatte große Ähnlichkeit mit einem Dinosaurier. Einer Kreatur, die viele Menschen immer noch fasziniert, allein aufgrund der Tatsache, dass sie verschwunden ist. Im *Weltwunder* wurde erklärt, Nessie ähnelte dem vor hundert Millionen Jahren ausgestorbenen Plesiosaurus. Plesiosaurus, ein Name, der Wind im Mund erzeugt, wenn man ihn ausspricht.

Manche meinten, bei Nessie handele es sich in Wahrheit um Wolken oder Nebel. Andere wiederum hielten sie für einen Trick, um Touristen anzulocken. Ich aber glaubte an ihre Existenz. Wenn sie nicht existierte, hätte sie garantiert nicht solche Barthaare ... Nessie atmete in meiner unmittelbaren Nähe. Wenn ich beim Fernsehen mit den Beinen zappelte oder wenn ich mein fehlerübersätes Prüfungsblatt zusammenfaltete und als Wurfkarte benutzte, klimperte sie auf britischem Seegrund zur selben Zeit bedächtig mit den Augen.

Seit ihrer Entdeckung tauchte Nessie immer dann auf, wenn sie in Vergessenheit zu geraten drohte, und verschwand, wenn man sich an sie zu erinnern begann. Büroangestellte, Chirurgen, die NASA und die britische Luftflotte, sie alle glauben an Nessies Existenz. Sie fesselt unser Interesse, indem sie alle paar Jahre auftaucht und wieder verschwindet. Mit den Nessie-Geschichten ist es dasselbe. Alle paar Jahre wird sie in einer Sondersendung vom Fernsehen, in der Zeitung oder im Rahmen einer naturwissenschaftlichen Serie vorgestellt. Dann gerät sie wieder in Vergessenheit, bis man sich ihrer wieder erinnert, so plötzlich, wie einem die Wäsche einfällt, die man hereinzuholen vergessen hat. Seit ihrem ersten Erscheinen in den 1930er Jahren wiederholte sich Nessies Geschichte bis in das 21. Jahrhundert hinein. Das Erstaunliche daran war, dass sie nie langweilig wurde.

Jahre später tauchte Nessie im *Himmelssee* auf, dem Kratersee des Paektu-Bergs. Ich saß gerade in einem Lokal, als ich es hörte. Diesmal nicht durch den naturwissenschaftlichen Bildband eines insolventen Verlages oder durch ein durch die Welt ziehendes Gerücht, sondern durch die 21-Uhr-Nachrichten.

»Die chinesische Presse, unter anderem die Nachrichtenagentur Xinhua, berichtet, dass sich das Kratersee-Ungeheuer am Elften gegen neun Uhr morgens circa fünfzig Minuten lang gezeigt habe. Dafür gäbe es um die zehn Augenzeugen«, sagte der Nachrichtensprecher aufgeregt. Ich legte meinen Löffel hin und starrte wie gebannt auf den Bildschirm. Es war genau zehn Jahre her, dass ich Nessie zum ersten Mal begegnet war. »Kommunisten darf man nicht glauben«, sagte jemand. *Nessie würde* dir *nicht glauben*, erwiderte ich ihm innerlich und verfolgte die Nachrichten. *Koreanische* Nessie klang komisch – so wie einst das Wort *NASA* für mich komischer geklungen hatte als *Nessie*. Das Bild, das gezeigt wurde, war von so schlechter Qualität, dass Nessie nur zu erahnen war. Es sah eher wie die Aufnahme eines Wasserschattens aus. Trotzdem konnte man darauf ihre Kunstfertigkeit im Wasserspringen erahnen. In rascher Folge wurden die aufgeregten Augenzeugen und eine Stelle im Kratersee eingeblendet, bei der es sich vermutlich um die Stelle handelte, an der Nessie aufgetaucht war. Der aus der Ferne aufgenommene See wirkte so ruhig und gefasst wie eine Mutter, die einem Deserteur Unterschlupf gewährt.

Ich wurde neugierig. *Eigentlich wohnt Nessie doch in einer Erdhöhle, was in aller Welt hatte sie so plötzlich nach Korea verschlagen? Und das nicht an einen See, sondern auf die Spitze eines ruhenden Vulkans …?* Ich starrte eine Weile auf die zwei Meter hohe Wasserwolke, von der behauptet wurde, sie sei Nessies Spur. Dann fiel es mir wie Schuppen von den Augen. Ich schämte mich, wie jemand, der gerade eine Liebeserklärung bekommen hat. Sie war gekommen … um mich zu sehen. Wohlwissend, dass man ihr Bild landesweit ausstrahlen würde, war sie gekommen, um mich zu grüßen. Sie hatte keinen Hintergedanken. Sie war bloß gekommen, um mir einen Gruß, einen Liebesgruß zu übermitteln: *Ich bin hier. Ich war hier. Aber das ist unser Geheimnis. Und jetzt werde ich wieder verschwinden …* Bei genauerer Betrachtung der Wasserwolke fiel mir auf, dass Nessie mit der Flosse gewedelt haben musste. Da ich keine Flossen hatte, winkte ich ruhig mit der Hand zurück.

Einige Tage später gab es eine neue Meldung. Der Kratersee-Ungeheuer-Forschungsverein habe herausgefunden, dass es sich bei dem Paektu-Ungeheuer nicht um Nessie handelte, sondern um einen *Bär, der von einem Felsen ins Wasser gesprungen sei, um ein Bad zu nehmen.* Ich war zutiefst empört. Kein Ungeheuer, sondern ein Bär? Ein stupider Bär? Warum musste dieser blöde Bär ausgerechnet im Kratersee baden, sich ausgerechnet dort austoben? Es gibt Dinge auf der Welt, die völlig uninteressant werden, sobald man weiß, wie sie zustande gekommen sind. Deshalb ist es besser, dass man nicht alles weiß.

Aber auch verschwindende Dinge haben ihre Daseinsberechtigung. Und Dinge, die verschwinden und wieder auftauchen, haben ganz sicher etwas zu bedeuten.

Ich weiß auch von einem Menschen, der verschwunden ist. Nämlich dem, der mir das *Weltwunder* unter den Arm geklemmt und »Bleib mal kurz hier sitzen« gesagt hat. Dem wie Nessie bei dem Wort *kurz* die langen Barthaare zitterten. Dem, der nicht da war, als ich mich nach der Lektüre des Kapitels *Die Legende der verschwundenen Insel* auf der Parkbank nach ihm umsah. Der auch nach den Kapiteln *Die Moai-Statuen – Das Geheimnis der Osterinsel* und *UFO – Gibt es Außerirdische?* nicht wieder aufgetaucht war. Dem, der selbst dann noch nicht auftauchte, als ich mich notgedrungen durch die Kapitel *Der Babylonische Palast*, *Der Palast des König Minos*, *Die Großexplosion in Sibirien*, *Der Leuchtturm von Pharos*, *Die Faszination der Pyramiden*, *Stonehenge* und *Der schiefe Turm von Pisa* gelesen hatte.

Anfangs wartete ich geduldig. Jedes Mal, wenn ein verloren gegangenes Kind über Lautsprecher ausgerufen wurde, dachte ich, die Arme vor der Brust verschränkt: *Sind die aber blöd!* Ich glaubte an meinen Vater. Als er aber weiterhin nicht kam, wurde ich langsam nervös. Im Park begann es zu dunkeln. Vom Himmel regneten hier und da Feuerwerksfetzen, Signalfeuern gleich, die verzweifelt um Hilfe rufen. In dem Augenblick wurde mir eines klar: Nicht, dass ich *ausgesetzt* worden war, sondern ein einfacher und doch vager Satz, ein Pfeifen, das sich vor Hunderten von Jahren aus der weiten Ferne auf den Weg gemacht hatte und gerade in meinem Ohr angekommen war: *Papa ist verschwunden*. Ja, mein Vater musste verloren gegangen sein. Niemals hätte er mich so ausgesetzt, an diesem Ort und auf diese Weise. Das *Weltwunder* fiel mit einem Knall zu Boden. Zu meinen Füßen breitete sich das Bermudadreieck aus. Ich dachte, dass ich das irgendjemandem sagen müsste, war aber nicht in der Lage, mich vom Fleck zu rühren.

Die Anlaufstelle für vermisste Kinder quoll über vor schluchzenden und wimmernden Blagen. Mühevoll schlug ich mich durch das Geheule zu der Dame hinter dem Mikrofon durch. »Mein Vater ist verschwunden«, sagte ich so abgeklärt wie möglich, um seriös zu wirken. Sie starrte mich an. Ich räusperte mich und sagte ein zweites Mal höflich: »Ich glaube, mein Vater hat sich verirrt.« Sie sah noch verwirrter aus als zuvor. Sanft sagte ich: »Mein Vater ist verschwunden.« Und da sie mich immer noch komisch ansah, fügte ich tränenerstickt hinzu: »Bitte finden Sie ihn für mich …«

Obwohl selbst der vor 50 Millionen Jahren verschwundene Quastenflosser im 20. Jahrhundert wiederentdeckt worden sein soll, tauchte mein vor nun über zehn Jahren verschwundener Vater einfach nicht wieder auf. Kein Bär auf der Welt war je auf mich zugekommen, um für mich ein Vater zu sein, und ich kam zu dem Schluss, dass es nicht etwa die Kommunistische Partei ist, die gern lügt, sondern Tatsachen. Tatsachen, die sich für Tatsachen halten.

Und das verloren gegangene Buch. *Weltwunder*. – Was wollte man damit sagen? Ich kann mich zwar nicht mehr genau erinnern, aber ich glaube, die Aussage des Buches lässt sich im Großen und Ganzen folgendermaßen zusammenfassen: Egal, um welche Ruinen, um welches Verschwinden, um welche Spuren es auch geht – letztlich wissen wir nichts. Das heißt, ihr Zustandekommen wird uns auf ewig verborgen bleiben. Eben deshalb bleiben sie rätselhaft.

Ich wuchs heran. Das Verschwinden meines Vaters war rätselhaft geblieben. In der Zwischenzeit hatte sich bei mir einiges ereignet. Aber darüber rede ich nicht gern. Auch sie, die mich verlassen hatte, war immer enttäuscht gewesen, dass ich nichts von mir erzählte … aber was soll's. Kindheitserinnerungen können meinetwegen ins Bermudadreieck entsorgt werden.

*

Lange Zeit gab es nichts, was ich gerne machte oder gerne werden wollte, weshalb ich mich aber noch lange nicht für einen Nichtsnutz hielt. Viele Menschen aber, deren Weg sich mit meinem kreuzte, pflegten mir mit einem Ausdruck, als wüssten und kennten sie alles auf der Welt, zu sagen: »Du bist ein Nichtsnutz. Das sollte dir klar sein.« Da ich nie verschwand, also immer an derselben Stelle verharrte, machte ich niemanden misstrauisch. Ich wusste natürlich, dass mein Lebenslauf nichts Besonderes war. Aber umgekehrt hielt auch ich die Menschen, die behaupteten, ich sei ein Nichtsnutz, für nichts Besonderes. Trotzdem bedrückte es mich irgendwie, mir gerade von solchen Leuten anhören zu müssen, nichts Besonderes zu sein; lieber hätte ich es von jemandem gehört, der tatsächlich etwas Besonderes war. Von dem Moment an, als ich für meinen Lebensunterhalt sorgen musste, war ich meines Lebenslaufs überdrüssig und glaubte irgendwann, mich nicht nach meinem Vater zu sehnen, sondern nach Gleichgültigkeit, nach einer ganz besonderen Art von Gleichgültigkeit auf der Welt. Auf die Hochschule für Meeresbiologie war ich auch deshalb gegangen, weil ich wenigstens ein Vorurteil, das auf mir lastete, abbauen wollte. Mein Traum bestand nicht darin, etwas Bedeutendes zu werden, sondern ein normaler Mensch. Auch wenn kaum einer ahnte, dass mich das doppelte Anstrengung kostete.

Der Grund dafür, dass ich Aquarienpfleger geworden war, war banal. Er basierte auf kleinen Zufällen und ihrer Deutung – wie Werbeblätter, die einem um die Füße flattern, falsch gelesene Schilder, ein Gruß von ihr.

Wenn alle schliefen, ging ich gern allein in die 24-Stunden-Sauna. Vor allem gegen drei oder vier Uhr morgens, wenn die Putzkolonne durch war und das Wasserbecken frisch gefüllt. Die Lichter im Umkleideraum waren zu der Zeit größtenteils gelöscht. Es gab nur hier und da ein paar Leute, die sich wuschen. Ich mochte die Stille im Bad gegen drei Uhr morgens. Vor allem, weil es keinen besseren Ort gab, um sich nach einem harten Arbeitstag, als Kellner in einer Kneipe zum Beispiel, die Müdigkeit aus den Knochen zu schütteln.

Auch an jenem Tag schaute ich nach der Arbeit – ich hatte einen Teilzeitjob in einer Umzugsfirma angenommen – dort vorbei. Die Lichter in der Umkleidekabine waren bis auf eines oder zwei alle gelöscht, und der Mann, der gewöhnlich an der Kasse saß, schlief neben dem Kühlschrank wie ein Seehund. Nachdem ich mich im menschenleeren Becken in aller Ruhe aufgewärmt hatte, ging ich zurück in die Umkleidekabine. Ich fühlte mich erfrischt. Meine Wangen waren erhitzt, und die kühle Luft umspielte mein Geschlecht. Ich rubbelte mir die Haare trocken und setzte mich auf die Bank vor dem Fernseher. Die Sendung hieß *National Geographic – Geheimnisse der Tiefsee*. Da mich die Sprecher von Dokumentarfilmen einschläfern – wie als würde ich auf einem beheizten Boden liegen – waren meine Probleme auf einmal wie weggeblasen. Auf dem Bildschirm wurde ein U-Boot eingeblendet. Es sank in die Tiefe. »Lange Zeit vermutete man am Grund der Tiefsee kein Leben.« Gedankenlos saß ich vor dem Bildschirm und starrte auf das schlingernde blaue Licht. In der Hand hielt ich einen Nagelknipser. »Der Meeresbiologe Dr. Rumfelt fährt hinab, um den Grund der Tiefsee nach Lebewesen abzusuchen. Man vermutet dort Dutzende Millionen Arten.« Das U-Boot sank tiefer und tiefer. Der Sprecher erläuterte die technischen Besonderheiten des Bootes und die Mühen, die Dr. Rumfelt auf sich nahm. Die Stille der Morgendämmerung. Wasserstaub im Scheinwerferlicht des U-Boots. »Viele Lebewesen am Grund der Tiefsee gibt es schon seit dem Paläozoikum. Dazu gehören …« Dunkelheit. Das winzige Licht des U-Boots drang immer weiter in die Vergangenheit. Die Stimme des Sprechers war monoton, gleichzeitig fesselnd. Plötzlich huschte etwas am U-Boot vorbei. Ich zuckte zusammen und hielt beim Nägelknipsen inne. Es war weich und schimmerte durchsichtig. Das Forschungsteam schien unbeeindruckt. Ich erhob mich und stellte mich vor den Fernseher. Kreaturen, wie ich sie noch nie zuvor gesehen hatte, huschten kreuz und quer am U-Boot vorbei. Darunter welche, die aussahen wie Ballen von Hausstaub, Kreuzungen aus Trichterwinde und Kaulquappe oder durchsichtige Schwämme. Im Scheinwerferlicht des U-Boots versprühten sie mannigfaltigen Glanz. Mich erfasste eine große Aufregung, eine ganz andere als die, als ich Nessie zum ersten Mal begegnet war. Abgesehen davon, dass der Mensch ursprünglich eine aus dem Meer gekrochene Kreatur ist, staunte ich über die Tatsache, dass diese Wesen schon seit ewigen Zeiten eben dort existierten. Dass wir uns genau in diesem Moment begegneten. Dass der aus dem Meer gekrochene Mensch mit Hilfe seiner Technologien wieder ins Meer zurückkroch, um dort, wie im Traum, unzähligen Vätern zu begegnen. Seinen Vätern, die seit zehn Milliarden Jahren kein bisschen älter geworden waren, sondern eher jünger aussahen als er selbst. Ich staunte und kam zu dem Schluss, dass mein vor langer Zeit im Vergnügungspark verschwundener Vater womöglich auch dort war. Die Lebewesen auf dem Bildschirm glitten gleichgültig dahin, ich weiß nicht wohin. In dem Moment bekam ich eine leise Ahnung davon, was ich machen und wie ich leben wollte. Wie genau, das wusste ich allerdings noch nicht.

*

Das Erstaunlichste im *Blue World* waren die Namen der Tiere. Wo kamen alle diese Namen her? Wer in aller Welt machte sich die Mühe, diesen Kreaturen, an denen die Menschen nicht einmal Interesse hatten, Namen zu geben? Schweinenasen-Schildkröte, Sägerochen, Rosenbitterling, Pungtung-Streifenflosser, Kleiner Fetzenfisch, Streifen-Falterfisch, Seeapfel, Grüne Moräne, Mangrovenqualle … Im *Blue World* gab es mehr als hundert Millionen Fische. Fische, die nicht nur in Korea, sondern in allen möglichen Gebieten – im Amazonas, vor Hawaii und Afrika zum Beispiel – beheimatet sind und unter den verschiedensten Bedingungen leben. Manche von ihnen steckten artweise in kleinen, ihrem herkömmlichen Habitat angepassten Aquarien, andere zusammen mit anderen Arten und Gattungen in Großaquarien. Am beliebtesten waren mit Abstand die Schildkröten und die Haie. Die Kinder zeigten zwar auch großes Interesse an Fischen, die sie zum ersten Mal sahen, begeisterten sich aber mehr noch für solche, die sie *kannten.* Wenn die Schildkröten wie in Zeitlupe an ihnen vorbeizogen oder die weißen Haibäuche über das Glas glitten, gerieten fast alle Kinder aus dem Häuschen. Sie drückten sich mit ihren Handykameras an die Scheiben und schossen Fotos. Manche Fische posierten dann, andere steckten ihren Kopf ins Riff, als hätten sie die ganze Show satt.

Mehrmals am Tag wurde mit den Fäusten gegen die Scheiben des großen Beckens gehämmert. Dieses Hämmern gehört zu den Verhaltensweisen, die Fische am allerwenigsten leiden können. Ich wusste, warum die Kinder (und manchmal auch die Erwachsenen) an die Scheiben klopften. Weil sie von den Fischen nämlich ignoriert wurden. Und wenn die Fische das Hämmern schon nicht mochten, dann sollten sie das wenigstens zeigen. Diese Gleichgültigkeit, war ich überzeugt, war das, was die Menschen unruhig machte. Mir missfiel auch der Blick der Fische, wenn ich mit ihnen im Wasser war. Man wusste nämlich selbst aus unmittelbarer Nähe nicht, ob sie einen nun ansahen oder nicht, weder bei den Raub- noch bei den Beutefischen. Während Raubfische die Augen, damit sie besser jagen können, in der Regel vorne haben, haben Beutefische sie an der Seite, um Raubfische wahrzunehmen und gegebenenfalls zu fliehen. Allen gemeinsam ist allerdings, dass man nichts in ihnen lesen kann. Wie dem auch sei, viele Besucher möchten mit den Fischen kommunizieren und benutzen dazu meistens ihre Fäuste, weil sie nicht wissen, wie sie es sonst anstellen können.

Seit der Eröffnung des *Blue World* sind sehr viele Familien an uns vorbeigezogen, ihre lächelnden Gesichter den Kameras zugewandt. Manchmal geriet auch ich zusammen mit den Fischen auf die Familienfotos. Ich ging pro Tag nur zwei Stunden ins Becken, war aber nicht minder beliebt als die Haie. Natürlich wollten die Leute Fische sehen, aber noch lieber sahen sie Mensch und Fisch gemeinsam im Wasser. Das Brummen des Aquariums im Ohr, sah ich durch die Scheiben nach draußen und dachte darüber nach, wie viele Familienkonstellationen es wohl gab. Großvater und Vater, Vater und Sohn, Vater, Mutter und Sohn, Vater, Mutter, Sohn und Tochter, Mutter und Sohn, Mutter und Tochter, Schwester und Bruder, Schwester und Schwester, Großmutter und Enkel, leiblicher Vater und Stiefmutter, Vater, Mutter und Adoptivsohn, Onkel und Neffe, Tante und Nichte, Großmutter, Stiefmutter und Stiefsohn, Stiefvater, leiblicher Vater und Tochter, und dann noch all die alleinstehenden Menschen … Wenn ich sie vom Wasser aus betrachtete, konnte ich erahnen, ob es glückliche Familien waren oder nicht. Man könnte zwar meinen, dass Familien, die ins Ozeanarium kommen, automatisch auch glücklich sind, aber das war keineswegs der Fall.

Die Arbeit im *Blue World* fand zum größten Teil außerhalb des Aquariums statt. Es galt Maschinenteile zu überprüfen, fischgerechtes Futter zuzubereiten, Zuchttagebuch zu führen, Nachtdienst zu leisten und so weiter. Ich war gut organisiert und arbeitete systematisch. Wenn Zufall und Deutung mich zu dieser Arbeit geführt hatten, dann waren es anschließend Regeln und Pflichten, die mich leiteten. Mein Broterwerb erfüllte mich mit Stolz. Es war eine rechtschaffene Arbeitsleistung, die mich berechtigte, Maßstäbe und Vorurteile anzunehmen, was mir wiederum das Gefühl gab, erwachsen zu sein.

Die Arbeit im Becken war um einiges anstrengender, als ich es mir vorgestellt hatte. Die Luft war anders, und im Wasser bekam man brennenden Durst. Was sie dennoch attraktiv machte, war, dass ich pro Tag zwei Stunden alleine sein konnte. Natürlich waren in der Zeit die Blicke unzähliger Leute auf mich gerichtet, aber der eng anliegende Neoprenanzug und die Tauchermaske gaben mir ein Gefühl von Sicherheit.

Zwischendurch hatte auch ich die ein oder andere Liebesbeziehung. Die Frauen liebten es, mir den Kopf zugeneigt, meinen Geschichten zu lauschen. Vom augenlosen Höhlensalmler, dem Feuer-Korallenwächter, der nicht richtig schwimmen kann, von männlichen Seepferdchen, die die Eier befruchten … Ich erzählte ihnen auch, was ich von Nessie und der Idee von Außerirdischen hielt. Und immer kamen sie mir mit einem »du hast ja eine süße Fantasie« näher, um mich dann mit einem »jetzt werd endlich erwachsen« wütend zu verlassen. Aber wer weiß. Vielleicht gehört auch sie, zu der der Kontakt so plötzlich abbrach, zu den Tausenden von Erdbewohnern, die alljährlich verschwinden und die vielleicht nie erfahren werden, welche Bedeutung ihr Verschwinden hatte, so klein und belanglos es auch ausgesehen haben mochte, so wie das plötzliche Massensterben kleiner Fische oder das einem trächtigen Otter verabreichte falsche Futter.

Zu dieser Zeit wurde die Welt ordentlich durchgeschüttelt. Ständig wurden aus dem Ausland Kriege gemeldet oder

Kriegsszenarien beschworen und im Fernsehen immer häufiger koreanische Väter gezeigt, die, die Hände in den Jackentaschen vergraben, im Park herumsaßen. Obwohl man nichts Genaueres wusste, schien allein der Umstand, dass die Väter um diese Zeit auf den Parkbänken saßen, die Leute zu beunruhigen. Seltsam war nur, dass man das einerseits verheimlichen wollte, andererseits gleichzeitig hinausposaunte. Ich starrte auf den Fernseher und dachte: *Wo steckt er wirklich, mein Vater?* Hat ihn sich irgendwer geschnappt und in den Pagoda-Park gestellt, wo er augenblicklich vergreiste? Oder hatte er mich sitzenlassen, weil er in einen anderen Park musste?

Da die Väter nunmehr in die Parks und nicht mehr zur Arbeit gingen, nahm die Zahl der Familien, die ins Ozeanarium kamen, spürbar ab. Von Zeit zu Zeit wurde ich sogar Zeuge, wie Kinder ausgesetzt wurden. Wenn ich die Scheiben des Aquariums putzte, sah ich hinter den sabbernden Kindern, die sich vor mir versammelt hatten, ab und zu ein Kind, das alleine war und heulte, und bei dem es sich manchmal tatsächlich um ein ausgesetztes handelte. In solchen Fällen schwamm ich im Becken einige Runden umher und hielt Ausschau nach dem Vater, der sich noch nicht allzuweit entfernt haben konnte. Kam ich etwas später wieder zurück, war das Kind weg. Dann gab es zwei Möglichkeiten – entweder hatte es seinen Vater wiedergefunden, oder es suchte weiter. Bisweilen einige Jahre, bisweilen sein Leben lang.

Ich suche aus zwei Gründen nicht nach meinem Vater. Erstens, weil anzunehmen ist, dass er bereits nach mir sucht, und zweitens, weil ich mich an nichts erinnern kann, was mit ihm zusammenhängt. Ich musste immer irgendwo sein, wo er mich gut finden konnte. Das war das Einzige, was ich machen konnte. Seinen Namen, sein Alter, sein Gesicht, ich hatte alles vergessen. Wirklich, ich konnte mich nicht an das Geringste erinnern. Das Einzige, woran ich mich erinnern konnte, war, dass er mein Vater war. Lange Zeit hatte ich also wegen einer Person, von der ich weder Namen, Alter noch Aussehen kannte, unter Schmerz und Missverständnissen zu leiden gehabt. Trotzdem bin ich mir sicher, dass ich meinen Vater auf den ersten Blick erkennen würde, sollte er eines Tages plötzlich vor mir stehen. Zum einen bleibt ein Vater ein Vater, und zum anderen, weil mir von klein auf immer gesagt wurde, dass ich meinem Vater wie aus dem Gesicht geschnitten sei. Wir würden uns also garantiert wiedererkennen.

*

Der Mai ist im *Blue World* sehr betriebsam, weil sowohl der Kindertag als auch der Elterntag, der Tag der Volljährigkeit und der Tag der Lehrer in diesen Monat fallen. In der Eventabteilung werden verschiedene Veranstaltungen, zum Beispiel ein Unterwasserfoto-Wettbewerb, und Sonderausstellungen angeboten, wie *Gemeinsam mit Mama an den Südpol* oder *Koreanische Süßwasserfische*. Das Personal war rund um die Uhr auf den Beinen. Ich hatte alle Hände voll damit zu tun, dafür zu sorgen, dass die Fische nicht krank wurden, dass sie in Ruhe ablaichen konnten, und regelmäßig ins Wasser zu springen.

Auch an jenem Tag zog ich mir den Neoprenanzug an, band mir die Sauerstoffflasche auf den Rücken, überprüfte

Tarierweste und Manometer und stieg ins Becken. Ich ließ mich kopfüber ins Wasser gleiten und tauchte ab. Die dabei aufsteigenden Wasserbläschen breiteten sich aus wie der Samen von Pusteblumen. Vor dem Aquarium drängten sich die Besucher. Die kleinen Fische schnellten wie ein Vogelschwarm im Herbst in die Höhe. »Guck mal da«, sagten die Erwachsenen zu ihren Kindern und zeigten ins Becken. Die Kinder gerieten aus dem Häuschen und schlugen gegen die Scheibe. Zu mir drang jedoch nicht das Geringste durch. In der tauben Stille fühlte ich mich wie aufgeweckt und sah mich um. Ein fetter Fisch musterte mich böse und gab dann den Weg frei. Die Welt unter Wasser war friedlich, zugleich aber auch etwas träge. Im Gegensatz dazu herrschte draußen ein wahres Getümmel von Menschen, die im Monat der Familie ins Ozeanarium geströmt waren. Eine Frau mit einem Baby auf dem Rücken, eine irgendwie bedrückt aussehende alte Mutter, die das tiefe Meer vor sich grimmig fixiert, Zwillingsschwestern, die sich ihre Nasen an der Scheibe plattdrücken, eine entnervte Hausfrau, ein Pärchen, das unbeholfene Liebesgesten austauscht, ein Mann, der ständig auf die Uhr schaut, ein Kind, das geschlagen wird, eine Familie, die vor der Kamera steht und gezwungen lacht, ein heulendes Kind, den Mund weit aufgerissen, ein Luftballon, der wie ein Fragezeichen zwischen den Leuten schwebt. Plötzlich fiel mir ein vertrautes Gesicht ins Auge. Es war das Gesicht eines Mannes Mitte Fünfzig. Er stand allein in der Menge und sah in meine Richtung. Ich hatte das Gefühl, ihm irgendwann schon eimal begegnet zu sein. Wer war das? Wer war das noch mal? Ich schwamm auf ihn zu. Seine Gestalt wurde immer deutlicher. Als ich bei ihm ankam, verschlug es mir fast den Atem. Es war … mein Vater. Mein Vater, der vor so langer Zeit im Vergnügungspark verschwunden war. Ich erkannte ihn. Er hatte das gleiche Gesicht wie ich. Sein Kopf war zwar etwas größer und aufgedunsen, aber es war zweifellos mein Vater. Ich holte Luft und schwamm so dicht wie möglich an ihn heran. Jetzt trennte uns nur noch das Glas. Am liebsten wäre ich auf der Stelle nach draußen geeilt, aber um zu vermeiden, dass er mir in der Zwischenzeit entglitt, schlug ich stattdessen mit den Fäusten gegen die Scheibe. Ich wollte ihm zu verstehen geben, dass ich *da* bin, dass ich direkt vor ihm bin. Aber er schien mich nicht zu erkennen. Ich hämmerte noch einmal gegen das Glas. Neben meinen Fäusten stiegen stoßweise Bläschen auf. Mein Vater sah dauernd woandershin. Prompt kam mir der Gedanke, dass er mich wegen des Anzugs und der Taucherbrille womöglich nicht erkennen könnte. Aber wenn ich die Brille abnahm, würde ich nichts mehr sehen und meinem Vater nicht mehr folgen können. Ich schlug noch kräftiger gegen das Glas. Meine Bewegungen im Wasser waren stumpf und langsam wie ausgeleiertes Gummiband. Doch dann drehte sich mein Vater zu mir her. Wie sahen uns an. Mein Vater erschrak und blieb regungslos stehen. Er schien mich … zu erkennen. Ich hielt inne, als wollte ich ihm zu verstehen geben, dass ich mit allem einverstanden war. Selbst wenn er rot anlaufen und auf der Stelle kehrtmachen sollte, dann war da eben nichts zu machen. Bangen Herzens wartete ich auf seine Reaktion. Kurz darauf winkte er mir mit einem sanften Lächeln zu. Mein Vater … lachte. Ich war so ergriffen, dass ich fast mein Mundstück ausgespuckt hätte. Er hatte mich ... nicht vergessen. Ein solches Lächeln konnte nur jemand zeigen, der nicht vergessen hatte. Ich war überzeugt, dass das ein Geschenk war. Mein Vater. Mein Vater war gekommen, um mich zu sehen. Um mich zu grüßen, um mir, und sei es nur ein einziges Mal, einen Liebesgruß zu senden. Vielleicht war er so spät gekommen, weil er dieses Lächeln hatte üben müssen. Angesichts seines breiten Lächelns hätte ich ihm alles abgenommen, selbst wenn er behauptet hätte, dass er bis jetzt in der Gewalt von Außerirdischen gewesen sei.

Doch irgendetwas stimmte mit meinem Vater nicht. Die ganze Zeit über lächelte er bloß wie ein Kind. Winkte immer noch mit der Hand, betrachtete die Schildkröten und mich mit demselben Blick ... Dann zog etwas anderes seine Aufmerksamkeit auf sich. Er sah über meine Schulter hinweg und machte *Wow*. Vermutlich hatte er einen Hai entdeckt. Nervös verfolgte ich sein Tun. Im nächsten Moment setzte sich mein Vater abrupt in Bewegung. Wahrscheinlich wollte er sich ein paar andere Fische ansehen. Die Augen weit aufgerissen, schlug ich wie wild gegen die Scheibe. Befremdet starrten mich die Besucher an. Mein Vater aber zeigte mir nur seinen Hinterkopf, als wüsste er von nichts. Rasch entfernte er sich aus meinem Blickfeld. Die Stelle, wo er gestanden hatte, war längst von anderen Besuchern eingenommen worden. Hastig paddelte ich meinem Vater nach, der sich mit großen Schritten einen Weg durch die Menge bahnte. Der Gedanke, dass ich ihn aus den Augen verlieren könnte, schnürte mir die Kehle zu. Während ich ihm hinterherschwamm, schlug ich weiterhin gegen das Glas. Aber er machte nicht die geringsten Anstalten zurückzukommen, im Gegenteil, er tat das, was er seit jeher am besten konnte, nämlich verschwinden. Er wurde immer kleiner und verschwand schließlich in der Menge. Heiße Tränen stiegen mir in die Augen. Die Gläser meiner Brille beschlugen. Ich strampelte, nach Kräften bemüht, ihn, meinen Vater, nicht zu verlieren. Es half nichts. Mein Vater war weg. Ich weinte im Wasser, das Mundstück zwischen den Zähnen.

Als ich auftauchte, riss ich mir als Erstes die Maske vom Gesicht. Was ich von mir gab, waren weder Worte noch Schluchzer, sondern bloßes Gefiepe. Wie bei einem Kind, das zu pfeifen lernt, drang es unbeholfen und schrill aus meiner Kehle – ein Gefiepe, das es nicht geschafft hat, zu Tönen zu werden. In meinem Körper knackte und knirschte es. Um wieder klar denken zu können, hielt ich mein Gesicht ins Becken. So verharrte ich wie eine auf dem Wasser schwimmende Maske, die Augen geschlossen. Plötzlich hörte ich seltsame Geräusche. Ich riss die Augen auf. Die Fische des Aquariums klappten ihre Mäuler auf und zu und blubberten: *Papa, Papa, Papa, Papa*. Die geblubberten *Papas* wurden zu Luftbläschen und sprudelten zu Tausenden in die Höhe. Schwankend richtete ich mich auf. Das Wasser tropfte mir vom Gesicht.

Nachdem ich mir den Neoprenanzug vom Leib gerissen hatte, sackte ich zusammen. Dann – fing ich an zu weinen. Mein Weinen hallte durch das ganze Ozeanarium. Ich vergrub mein Gesicht im Neoprenanzug. Ich drückte ihn an mich. Der Anzug saugte sich an mein Gesicht. Ich schluchzte, außerstande, meinen Atem zu kontrollieren. Das Neopren schob sich in meinen Mund und wieder hinaus. *Papa, Papa,* blubberte ich in mich zusammengesackt vor mich hin. Als das Weinen eine ganze Weile später plötzlich verebbte, zitterte in der Stille unversehens eine Welle über das Wasser. Wie abwesend saß ich da und lauschte. Mit einemmal hatte ich alles satt.

Feuerwerksspiele am Strand

In der Nacht blies ein starker Wind. Es war so windig, dass man den Drang verspürte, Fragen zu stellen, egal welche. Denn wenn man keine stellte, hatte man zu befürchten, dass einem jemand mit einer äußerst schwierigen zuvorkam – so windig war die Nacht.

Ich saß auf dem Plumpsklo, mir lief nur so der kalte Schweiß. Es war stockdunkel, unter meinen Füßen pfiff der Wind. Ein Wind von Isobaren, die so dicht standen wie die Stirnfalten einer erschöpften Frau. Die Leute sagten, der Wind käme vom Nordpazifik.

Nur mit Mühe hielt ich mich über dem dunklen Viereck auf den Beinen. Meine Füße steckten in neuen Schuhen, die ich vor kurzem von meinem Vater zum Geburtstag bekommen hatte. Es waren Turnschuhe mit halb durchsichtigen Sohlen, die beim Auftreten jedes Mal hell aufleuchteten. Im Dunkel des Toilettenhäuschens, dessen Glühbirne ausgebrannt war, war das grüne Leuchten die einzige Lichtquelle. Um meine Turnschuhe scharten sich Insekten. *Huiiiii*, pfiff der Wind. Der Nordpazifik persönlich schien unter meinem Hintern vorbeizuziehen, und vor Kälte kniff ich die Backen zusammen. So hockte ich dort und ließ mir das Mittagessen mit meinem Vater durch den Kopf gehen.

Ich hatte mit meinem Vater in einem Lokal gegessen, in

einem bescheidenen Haus. Das Ladenschild war ein bloßes Holzbrett mit der Aufschrift *Kugelfisch* gewesen. Mein Vater hatte die ganze Zeit erzählt, wie berühmt der Laden sei, doch wir waren die einzigen Gäste. Eine Frau mit einer Dauerwellenhaube um den Kopf brachte aus der Küche einen Topf an unseren Tisch. Mein Vater löste die Meerrettichpaste im Sojasaucenschälchen auf. Wortlos saßen wir uns gegenüber und lauschten dem kochenden Wasser. Der in der Familie übliche schroffe Ton wirkte merkwürdig beruhigend, und als wollte uns das die Brühe zur Genüge nahebringen, kochte sie, so gut sie konnte. Mein Vater krempelte sich die Ärmel hoch und griff nach der Suppenkelle. Er wendete den Fisch, schöpfte die nach oben steigenden Stücke für mich heraus und sagte: »Das ist was Teures. Lang zu.«

Ohne ein Wort miteinander zu wechseln, nagten wir schwitzend am Kugelfisch, bis wir den Topf leer gelöffelt hatten. Ein Nachmittag, an dem die schlichte Konzentration auf das Essen zusammen mit den umherschwirrenden Staubkörnern leuchtete. Erst als mein Vater sich das Gesicht mit dem Feuchttuch abgewischt hatte, ergriff er das Wort. »Also, im Kugelfisch …«, er fuhr sich mit der Zunge über die Lippen, »… steckt ein lebensgefährliches Gift.«

»…«

»Ein furchterregendes Gift, das selbst bei Hitze und Sonnenlicht seine Wirkung nicht verliert. Beim Kugelfischessen kann man, wenn es schnell geht, innerhalb von wenigen Sekunden, oder, wenn es länger dauert, innerhalb eines Tages sterben.«

Ich saugte am Strohhalm im Trinkjoghurt, der uns als

Nachtisch serviert worden war, und sah meinen Vater mit großen Augen an. »Und weiter?«

Er sagte: »Du darfst heute Nacht nicht schlafen. Wenn du schläfst, stirbst du.«

Einen Augenblick lang herrschte Stille.

»Was?«

»Sonst stirbst du.«

Entgeistert starrte ich meinen Vater an. »Und was ist mit dir?«

»Erwachsenen kann das Gift nichts anhaben.«

In zusammengekauerter Haltung blickte ich auf den Trinkjoghurt, der vor meinem Vater auf dem Tisch stand. Mein Vater bestellte sich einen Kaffee.

»Warum hast du es mich dann essen lassen?«

Er grübelte ein bisschen, bevor er die Antwort gab: »Damit du … erwachsen wirst. Auch ich habe das gegessen, als ich klein war, und habe überlebt.«

»Wirklich?«

»Und ob.«

Er fügte hinzu: »Der Onkel vom Nachbarsjungen Joongu … ist gestorben, nachdem er das gegessen hatte.«

Ich hatte gehört, Joongus Onkel sei bei einem Unfall ums Leben gekommen; dass der Unfall ein Kugelfisch war, hatte ich nicht gewusst. Ich fragte ernst: »Vater, was soll ich jetzt tun?«

Er erwiderte: »Heute Nacht darfst du nicht schlafen. Wenn du schläfst, stirbst du.«

Gemächlichen Schrittes trat mein Vater aus dem Kugelfischhaus. In meinen schiefgetretenen Leuchtschuhen hetzte ich ihm hinterher. Dabei versuchte ich, in seinem Gesicht zu lesen. Es war kein gutaussehendes Gesicht, aber auch nicht das eines Lügners. Mein Vater grüßte auf dem Weg die Leute und tauschte mit ihnen ein paar Belanglosigkeiten aus. Unter den Leuten war auch Joongus Mutter, die uns riet: »Heute Nacht soll ein Taifun vorbeiziehen. Deckt die Tontöpfe draußen zu und nehmt die Wäsche von der Leine.« Während ich meinem Vater folgte, überlegte ich, ob ich ihn in der Nacht nicht mit Fragen löchern sollte. Auch wenn ich noch nicht wusste, welche Fragen das sein sollten. Irgendwelche Fragen eben. Während ich meinem Vater hinterherlief und in der Gasse verschwand, vergaß ich dabei völlig, dass mir unentwegt ein Licht auf den Fersen folgte. Hätte mich damals jemand gesehen, dann hätte ihn das wahrscheinlich an einen Leuchtkäfer erinnert, der sich gerade mit seinem Vater auf den Weg macht, das Fliegen zu erlernen.

*

Zu Hause deckte ich, wie Joongus Mutter geraten hatte, die Tontöpfe zu und nahm die Wäsche von der Leine. Mein Vater sollte, falls ich am nächsten Tag sterben sollte, auch weiterhin saubere Kleidung anziehen und Bohnenpaste aus dem Tontopf essen können. Einmal hatte ich tatsächlich selbst vorgehabt, mir das Leben zu nehmen. Das war, als mein Vater mir eine Klassenarbeit ins Gesicht geschleudert und gebrüllt hatte: »Das nennst du eine Note? Wozu hast du einen Kopf? Wenn das alles ist, was du kannst, dann kannst du die Schule gleich schmeißen.« Im Ernst, an dem Tag wollte ich nicht mehr leben. Daher machte ich nicht meine Hausaufgaben, sondern legte mich auf die Bettdecke und holte es heraus. Eines der kleinen weißen Beutelchen, die immer in den Seetangblätter-Packungen mitgeliefert werden. Auf dem Beutelchen stand *Nicht zum Verzehr*. Dieser Satz brachte mich immer zum Grübeln. Als ich mit klopfendem Herzen das Beutelchen aufriss, rollten durchsichtige, sandkornartige Kügelchen heraus. Mit der Zungenspitze leckte ich ein paar an und schluckte den Speichel herunter. Gefasst zog ich mir die Decke über den Kopf und schloss die Augen. Als ich am nächsten Tag die Augen aufschlug, brüllte mein Vater: »Warum stehst du erst jetzt auf? Was ist mit der Schule? Nicht nur dumm, sondern auch noch bis in die Puppen schlafen, oder was?«

Der Himmel war bedeckt; anscheinend war tatsächlich ein Sturm im Anmarsch. Zurück von der Toilette, wartete ich im Zimmer in mich eingerollt auf meinen Vater. Wegen des Kugelfischs wurde mir ständig übel, und ich hatte Bauchstechen. Aber auch der Gang zur Toilette brachte nichts. Eine Verstopfung hatte ich merkwürdigerweise auch nicht. Im Fernsehen zeigte ein alter Meteorologe fleißig auf fremdartige Bilder und Zeichen und erklärte irgendetwas. Wörter wie Hochdruck, Nordpazifik, Luftstrom, Front und dergleichen waren zu hören. Was der Nordpazifik ist, wusste ich; ich schaute mir immer gern den Globus an. Ein riesiger Ozean, ungeheuerlich weit weg von hier. Ich konnte nicht glauben, dass der Wind draußen von so weit hergekommen sein sollte.

Mein Vater blieb lange weg. *Wenn Vater nach Hause kommt,* überlegte ich mir, *frage ich ihn zuallererst, ob er mir die Haare schneidet.* Anschließend würde ich ihn auf dieses und jenes ansprechen. Dann würde ich nicht so schnell müde werden und mich auch nicht fürchten.

Seit meiner Geburt schnitt mir mein Vater immer die Haare. Er war nicht gerade gut darin, aber er machte es sehr gern. Ächzend pflegte er mir über eine Stunde lang ungeschickt die Haare zu schneiden. Ihm hatte ich es zu verdanken, dass ich seit Jahren mit der gleichen Frisur herumlaufen musste. Er meinte zwar, das sei »doch schön, so innig zwischen Vater und Sohn«, aber in Wirklichkeit wollte er, glaube ich, nur Geld sparen. Er setzte mich vor den heftgroßen Spiegel, der an der Wand hing, und schnitt mir mit äußerster Sorgfalt die Haare. Dabei behauptete er immer, dass er beim Militär im Friseurdienst gewesen sei. Ich fragte mich zwar, wie mein Vater, der überhaupt keinen Militärdienst geleistet hatte, im Friseurdienst gewesen sein wollte, stellte ihm jedoch ohne irgendwelche Einwände meine Haare zur Verfügung. Denn ich hörte mir gern die Geschichten an, die er mir beim Haareschneiden erzählte.

Mein Vater kam erst nach zehn nach Hause. Ich klammerte mich wie eine Klette an sein Bein und bettelte, er solle mir die Haare schneiden. Mein Vater sah mich schief an und sagte: »Du Nervensäge«. Ich erwiderte: »Ist doch schön, so innig zwischen Vater und Sohn.« Mein Vater war eine Weile unentschlossen, hängte schließlich seine Jacke an die Kleiderstange und sagte: »Na gut.«

*

»Vater, wie bin ich zur Welt gekommen?«

»Halt still.«

Die kalte Klinge der Schere streifte mich am Ohr.

»Solche Dinge …«, erwiderte mein Vater, »… fragt man seine Mutter.«

Ich saß auf dem Stuhl und warf einen Blick in den kleinen Spiegel. Ich sah mich selbst, ein Zeitungsblatt über den Schultern, den Kopf gesenkt. Über meine Kopfhaut fuhr ein kleiner rechteckiger Kamm. Ab und zu kam mein Vater ins Blickfeld. Aber nur sein Handrücken mit der Schere, sein Arm oder sein Profil. Ich lauschte der Stimme meines Vaters, dessen Gesicht ich nicht sehen konnte, und fragte im Singsang: *Vater, Vater, wie bin ich zur …* Man konnte hören, wie der Wind hier und da durch die Ritzen des Hauses pfiff. Ein Wind sehr ferner und noch viel fernerer Orte, die unaussprechbare Grüße sandten. Der Wind wehte. *Vater, Vater, wie bin ich zur …*

»Aber Mutter ist doch … tot.«

Mein Vater sagte: »Das stimmt.«

Uuuh, uuh. Draußen heulte weiterhin der Wind.

»Ich will es wissen, Vater. Wie … bin ich zur …«

Mein Vater seufzte. »Selbst wenn ich es dir erzählte, würdest du es nicht glauben.«

»Ich werde dir glauben, Vater.«

Schwupps. Über das Zeitungsblatt fielen Haare hinab.

»Halt den Kopf etwas tiefer.«

Mein Vater drückte leicht auf meinen Hinterkopf. In der einen Hand hielt er eine kleine Schale. Sie war voller Seifenschaum. Mein Vater seifte einen buschigen weichen Pinsel ein und strich mir damit über den Nacken. Da kitzelte und kribbelte es an vorne an meinem Penis. Mein Vater flüsterte: »Das hier … habe ich noch niemandem erzählt. Also …«

»Ein Geheimnis?«

»Ja, ein Geheimnis.«

Ich nickte. Die Rasierklinge in der Hand, begann mein Vater zu erzählen.

»Also, damals war ich zwanzig …«

Die scharfe Klinge glitt langsam über meinen Nacken. Ich bekam eine Gänsehaut und lauschte.

Vaters Sommer beginnt irgendwo am Meer. Er hat buschige Haare, trägt eine rote Badehose und lacht. Dieses Lachen schmerzt mich, weil es mir wie ein Foto vorkommt, das man nie wieder zu sehen bekommen wird. Mein Vater sieht gut aus, hat aber nirgendwo am Körper Muskeln. Seine Beine sehen zudem aus, als könnte man sich leicht auf ihnen davonmachen. Ich werfe einen verstohlenen Blick auf die Wölbung der eng anliegenden Badehose. Die kleine weiche Stelle wirkt scheinheilig wie der Gesichtsausdruck eines Lügners. Mein Vater, der kurz still gestanden hatte, um mir sein Lächeln zu zeigen, rennt gleich darauf zu seinen Freunden. Von seinen Achselhaaren tropft Salzwasser. Seine Freunde sehen aus wie die Leute von früher, die ich vor langer Zeit einmal in einer Zeitschrift gesehen habe. An ihren Gesichtern lässt sich eine gewisse Anständigkeit ablesen, die einem verrät, dass sie aus einer früheren Zeit stammen. Auf dem Sand sind gekochte Kartoffeln, Tintenfisch und Schnapsflaschen zu sehen. Mein Vater kaut ein Stück Kartoffel und schielt ständig in eine bestimmte Richtung: zu den jungen Frauen, die gerade nassen Sand auftürmen und den Turm mit den Händen aushöhlen. Die jungen Frauen haben kurze, kräftige Oberschenkel und niedliche, leicht vorstehende Bäuche. Zu einer von ihnen fühlt mein Vater sich hingezogen. Zu der dort mit der schönen hohen Stirn. Sie trägt eine kohlförmige Bademütze, wie sie damals Mode war. Die Freunde meines Vaters werden auf die jungen Frauen aufmerksam. Die nehmen das zwar wahr, können aber besser als die Männer ihre Gefühle verbergen. *Hahahaha.* Die Freunde meines Vaters albern unnötig laut herum. Die Frauen sehen kurz zu ihnen hin. *Hahahaha.* Die Männer lachen wieder. Sie überlegen, wie sie sich zu den Frauen gesellen können, doch alle Einfälle taugen nichts. Da fängt eine der jungen Frauen an zu weinen. Es ist die mit der schönen hohen Stirn. Die anderen Frauen umringen sie, sie sind in heller Aufregung. Mein Vater und seine Freunde werden neugierig.

»Gehen wir rüber?«, schlägt einer von ihnen vor.

Besorgnis heuchelnd nähern sie sich den Frauen. Auch mein Vater steht auf, in der Hand die gekochte Kartoffel, die er zur Hälfte gegessen hat.

»Was ist los?«

Eine Frau antwortet: »Keine Ahnung.«

Die Männer sehen auf die weinende Frau hinunter. Überall an ihrem Körper breitet sich ein rötlicher Ausschlag aus. Sie ist kreidebleich vor Angst. Eine andere Frau sagt: »Das muss vom Sand kommen oder vom Meerwasser.«

Die Frau sagt, es jucke und brenne am ganzen Körper.

»Apotheke?«

»Ist zu weit weg.«

Der Ausschlag scheint noch röter und größer zu werden.

Alle sind ratlos und unsicher.

»Was machen wir nun?«

Mein Vater nimmt seinen Mut zusammen und sagt: »Wenn es Ihnen nichts ausmacht, probiere ich etwas.«

»Und was?«

Mein Vater kniet sich hin. Dann nimmt er mit einer Hand den Arm der Frau und hebt ihn in die Höhe. Die Gruppe schaut ihm zu, erwartungsvoll und zweifelnd zugleich. Mein Vater holt tief Luft und fängt an, der Frau mit seiner Kartoffel den Arm einzureiben. Die Gruppe schaut betroffen drein. Die Kartoffel zerbröselt, wie Radiergummiflocken fallen kleine Stückchen herab. Mein Vater massiert den Arm der Frau lange und sorgfältig. Eine Weile darauf ruft sie aus: »Meine Güte«. Der Ausschlag hat sich gelegt.

»Meine Güte.«

Mein Vater sagt: »Das waren die ersten Worte deiner Mutter.«

Selbstsicher geworden, weitet mein Vater mehr oder weniger gewagt den Massierbereich aus. Doch seine Finger zittern nach wie vor. An allen Stellen, an denen die Hand meines Vaters vorbeifährt, verschwinden das Jucken und die Schwellung. Die Frau ruft weiterhin bewegt aus: *Meine Güte, meine Güte.*

»Bist du müde?«

»Nein, Vater. Erzähl weiter.«

»Auch in der ersten Nacht hat deine Mutter …«, sagt mein

Vater verlegen, »… wie verrückt ›Meine Güte, meine Güte‹ gerufen.«

Ich erblasste und fragte: »Was?«

Meinem Vater fiel die Rasierklinge auf den Boden. Er sagte: »Ach, nichts.«

Sommer. Unermesslich tiefes Meer und Mondschein. Und eine Gruppe, zusammengeführt von einem Ausschlag. Alle sind barfuß, das Prickeln beim Auftreten im Sand verstärkt den Drang zu pinkeln. Im Bestreben, die andere Seite zu beeindrucken, lacht man übertrieben laut über nichtige Dinge und wechselt alberne Witze. Jugend. Geweitete Pupillen mit hungrigem Blick; wie Leuchtkäfer huschen sie über den Strand. Sie alle wissen, dass in diesen Herzklopfmomenten Spaß vonnöten ist, damit man sich verstellen kann. Die Freunde beschließen, meinen Vater im Sand einzubuddeln. Mein strampelnder Vater wird von seinen Freunden auf den Sand gelegt. Über sich sieht er unter dem Himmel boshaft lachende Gesichter. Er wird unruhig. Die Männer und die Frauen setzen sich um ihn herum und bedecken ihn mit Sand. Als würden mehrere tausend Jahre auf einmal verrinnen, so rieseln die Sandkörner an ihm herab. Der Körper meines Vaters scheint plötzlich zu altern. An die Zehen dringt das Geräusch der Wellen. Auf dem Leib meines Vaters entsteht bald ein kleiner Hügel. Die Freunde plätten ihn sogleich und schaffen Konturen. Doch nur ihr ist es erlaubt, die Silhouette zu formen. Sorgsam nimmt sie hier und da Sand weg. Mein Vater bekommt Arme und Beine. Ausgestreckt liegt er da, wie ein von den Wellen angeschwemmter Adam. Er reckt den

Kopf und inspiziert seinen Leib. Der sieht groß aus und stark, das freut ihn. Doch auf der Brust prangt ein Busen. Mein Vater wird rot. *Was soll das?* Die Freunde antworten nicht, sondern rumoren um den Unterleib herum. Mein Vater wird nervös. Er ahnt, was seine Freunde vorhaben. Innerlich heult er, er möchte schreien: »Lasst das, ihr Hunde!« Seine Freunde treten beiseite. Mein Vater hebt den Kopf. Er sieht einen in den Himmel ragenden Penis. Einen gewaltigen Penis aus Sand. Die Freunde brechen in Gelächter aus. Mein Vater möchte vor Scham sterben. Er schüttelt den Kopf und versucht sich zu winden, kann sich aber nicht bewegen. Als er, mit Riesenbrüsten und einem gewaltigen Penis, sich zu wehren sucht und dabei sein Blick mit dem der Frau zusammentrifft, fällt meinem Vater augenblicklich die Charta der Volksbildung ein: Wir sind auf diesem Boden geboren, mit dem historischen Auftrag, unsere Nation wiederzubeleben. Mein Vater denkt darüber nach, warum er wirklich auf diesem Boden geboren ist. Doch ihm fällt nichts ein. Jemand steckt dem Penis meines Vaters eine lange Feuerwerksrakete auf. Dann entzündet er mit einem Feuerzeug die Lunte. Mein Vater schaut mit erschrockenen Augen auf seinen Unterleib, die Freunde rufen *Eins! Zwei! Drei!* Die Flamme zischt die Lunte entlang, die Rakete schießt hoch in den Himmel. Mein Vater, die Frau und auch die Freunde heben alle den Kopf und sehen in den Himmel. Für einen kurzen Moment herrscht Stille. *Bamm! Bamm!* Feuerfunken gehen hoch. Liegend erhält mein Vater eine Funkenweihe. *Bamm! Bamm!* Die sich entladenden Feuerfunken sind schön anzusehen. Wie Löwenzahnsamen verbreiten sie sich aus dem gewaltigen Penis meines Vaters am Nachthimmel. Leuchtende Samenfäden, die weit in das einsame Universum hinausgetragen werden.

»Genau in dem Augenblick bist du zur Welt gekommen«, sagte mein Vater, der mit dem Rasieren fertig war.

Bis dahin hatte ich still gehalten. Ich drehte mich zu ihm um und sagte: »Du lügst doch.«

*

Im Spiegel sah ich die Hände meines Vaters. Mit den Fingerspitzen hielt er meinen Kopf fest und prüfte die Proportionen. Auf der rechten Seite schnitt er etwas nach. Wegen der Haare, die durch das Loch im Zeitungsblatt gefallen waren, pikste es am Hals. Auf einmal überkam mich ganz leichter Schlaf.

»Und weiter?«

Mein Vater erwiderte: »Was weiter?«

»Wie bin ich zur Welt gekommen?«

»Das habe ich dir doch eben erzählt.«

»Das mit den Feuerfunken?«

»Ja.«

Meine Backen schwollen an wie beim Kugelfisch.

»Wenn das wirklich dein Samen war, wo sind dann die anderen Kinder?«

Mein Vater gab zur Antwort: »In Kopenhagen.«

»Was?«

»Sie sind in Kopenhagen. Und auf der Skandinavischen Halbinsel, in Buenos Aires, in Stockholm, in Pjöngjang und in Istanbul.«

Da ich mir gern den Globus anzuschauen pflegte, kannte ich alle Namen, die mein Vater genannt hatte.

»Erzähl mir, wie es wirklich war, und nicht solche Geschichten. Wie vorhin über die erste Nacht, Vater. Ich möchte die wahre Geschichte hören.«

Mein Vater erwiderte gelassen: »Also gut.«

Ich fand es zwar merkwürdig, dass mein Vater so ohne Weiteres einwilligte, setzte mich aber gerade hin, um ihm zu lauschen.

»Auch das habe ich bis jetzt niemandem erzählt. Also.«

»Ein Geheimnis?«

»Ja, ein Geheimnis. Und zwar ein echtes.«

Mein Vater kämmte mir den Pony in die Stirn. Ich schloss die Augen. Im Dunkeln klang die Schere taktlos heiter.

»Also, es war einige Monate darauf ...«

Haare fielen mir ins Gesicht. Um nicht zu träumen, schloss ich meine geschlossenen Augen noch fester.

Ein Mungobohnenpuffer-Laden. In dem dunklen Laden stehen auf engem Raum ein paar Tische. An der Decke rotiert fleißig ein verstaubter Ventilator. In dem Laden sitzt mein Vater und starrt schon seit einer Weile auf seine Hände. Hände, die nicht wissen, was sie tun sollen. Die jungen Hände meines Vaters. Ich lese aus ihnen Sehnsucht. Noch immer brausen ihm die Wellen des Meeres an die Zehen. Doch sie, sie scheint nicht zu kommen.

»Hier eine Flasche Makgeolli, bitte.«

Mein Vater isst einen Löffel von der hellen Sojasprossensuppe. Dann schiebt er sich ein Stück Rettich-Kimchi in den

Mund … Es schmeckt gut. Es schmeckt allzu gut. In solchen Momenten macht einen allein die Tatsache wütend, dass das gesamte Rettich-Kimchi auf dieser Welt harmlos vor sich hingärt. In einem Zug leert mein Vater den Becher Reiswein.

»Heh, junger Mann, was soll das?«

»Bitte?«

Die Frau, die gerade den Nebentisch abwischt, sieht ihn an. Mein Vater schaut auf seine Hände hinunter. Die halten einen spiralförmig verbogenen Löffel.

»Tut mir leid. Wenn ich trinke, habe ich meine Kräfte nicht mehr unter Kontrolle.«

»Trotzdem. So können Sie doch nicht mit den Sachen anderer Leute umgehen!«

»Es tut mir wirklich leid.«

Mein Vater nimmt den verbogenen Löffel und isst betreten die Sojasprossensuppe. Sie … scheint nicht zu kommen. Mein Vater sagt leise eine Stelle aus dem Brief in seiner Jacke auf. Guten Tag. Ich möchte mich nach Ihrem mir unerschließbaren Wohlbefinden erkundigen. Wie geht es Ihnen? Kleine Sorgen, die einen nach dem Grußwechsel *Guten Tag, guten Tag* befallen. Das Wohlbefinden, über das man sich nicht erkundigen konnte, nachdem man erneut *Guten Tag* gesagt und sich verabschiedet hat. Auch nicht nach dem Wohlbefinden jenseits dieses Wohlbefindens, ich hoffe, dass es Ihnen gut geht.

»Bitte noch eine Flasche Makgeolli.«

Dann, nochmals hörbar *Guten Tag*. Mein Vater erinnert sich an den Tag vor ein paar Tagen, als er vor ihrer Haustür stand.

Vor dem grün gestrichenen Eisentor. Schon seit Stunden schleicht mein Vater hier herum. Guten Tag. Nach Ihrem mir unerschließbaren Wohlbefinden möchte ich mich erkundigen. Klack. Das Tor geht auf. Mein Vater schreckt auf und weicht zurück. Vor ihm der Schatten eines großen Mannes, ein Schatten wie von einem Berg.

»Was treibst du hier?«

Es ist ihr älterer Bruder.

»Gu… Guten Tag.«

»Warum lungerst du Mistkerl die ganze Zeit vor dem Haus fremder Leute herum?«

Mein Vater weicht einen Schritt zurück und fragt: »Ist Kjongja zu Hause?«

Der Mann mustert meinen Vater und fragt zurück: »Kjongja? Warum?«

»Ach nichts. Nur so.«

»Was gibt's denn?«

Mein Vater, dem beim Trinken Kräfte wachsen. Doch vor dem Mann sind ihm die Hände gebunden.

»Ach nichts. Nächstes Mal.«

»Was hast du da?«, fragt der Mann.

»Gar nichts.«

»Was ist es denn?«

Der Mann reißt ihm den Brief weg.

»Nicht lesen!«

Mein Vater fuchtelt abwehrend mit den Händen. Doch der Mann holt den Brief bereits aus dem Umschlag. Mein Vater versucht weiter, den Mann vom Lesen abzuhalten, merkt schließlich, dass es keinen Sinn hat. Der Mann entziffert den

Brief, als handle es sich um eine Gebrauchsanweisung irgendwelcher schädlicher Drogen. Guten Tag. Ich möchte mich nach Ihrem mir unerschließbaren Wohlbefinden erkundigen. Mein Vater betrachtet das Gesicht des Mannes. Dessen Ausdruck ist starr. Mein Vater ist ratlos. Langsam verzieht sich das Gesicht des Mannes. Mein Vater wird nervös. Doch seltsamerweise taucht gerade in solchen Momenten aus dem Nichts ein Hoffnungsschimmer auf, und so denkt mein Vater, dass vielleicht alles gut ausgehen wird. Denn er hat sich daran erinnert, einmal von ihr gehört zu haben, dass ihr Bruder Koreanische Literatur studiere. Er sei ein Hitzkopf, aber beim Lesen von Gedichten weine er manchmal. Vielleicht würde der Mann ihn verstehen. Aufrichtigkeit kommt schließlich bei jedem an. Mein Vater betrachtet in Ruhe die Miene des Mannes und ruft sich die Sätze in Erinnerung, die er zu Papier gebracht hat. *Auf meiner Brust ist ein Name als Relief angebracht.* Nach und nach entspannt sich das Gesicht des Mannes. Nachdem er den Brief zu Ende gelesen hat, schaut er meinen Vater an. Auch mein Vater richtet seinen Blick auf den Mann. Über ihnen strahlt die Straßenlaterne. Als das Schweigen der beiden Männer kurz davor ist, eine versöhnliche Note anzunehmen, schleudert der Mann meinem Vater den Brief ins Gesicht und brüllt: »Du Idiot, kannst nicht formulieren!«

»Zahlen, bitte.« Mein Vater steht auf. Als er den Laden verlässt, ist hinter ihm der Platz zu sehen, an dem er gesessen hat. Auf dem Tisch liegen über zehn verbogene Löffel. Verbogen nicht mit Magie, sondern mit Muskelkraft. Die lächerliche Liebe meines Vaters.

»Bist du müde?«

Ich reiße mich aus dem Halbschlaf hoch und antworte: »Nein, Vater. Erzähl weiter.«

»Gut.«

»Aber Vater, was bedeutet das?«

»Was meinst du?«

»Formulieren.«

Mein Vater sagt: »Eines Tages, wenn du ...«

Eines Tages – ich wartete gespannt auf die warmherzige Erklärung, die nun zu folgen hatte. Gute Väter pflegen nämlich in solchen Situationen eine schöne, ihren Kindern verständliche Antwort zu geben.

»... wenn du deinen älteren Bruder triffst, der auf der Skandinavischen Halbinsel lebt, frag den.«

Ich schrie auf. »Vater, das reicht! Hör auf, erzähl mir, wie es wirklich war.«

Mein Vater erwiderte: »Ich bin doch dabei.«

Meine Lider waren schwer, doch ich riss mich zusammen, um weiter zuzuhören. Erzähl weiter, Vater. Bis zum Morgengrauen ... darf ich nicht schlafen.

Mein Vater holt den Brief, den er umgeschrieben hat, noch einmal hervor und liest. Er zerknüllt den Brief. Er ruft *Ich kann nicht formulieren!* und heult auf der Straße. Doch er weiß nicht, dass ihm meine Mutter entgegenläuft. Ich weiß zwar nicht wo, doch irgendwo ruft meine Mutter nach meinem Vater und mein Vater nach meiner Mutter. An diesem Tag. Als die beiden sich trafen.

»Weißt du, was deine Mutter gesagt hat?«

»Was hat sie gesagt?«

»Seit jenem Tag, jedes Mal, wenn ich Sehnsucht nach Ihnen habe … juckt es am ganzen Körper.«

Ich konnte zwar das Gesicht meines Vaters nicht sehen, aber ich wusste, dass er lächelte.

Die Schultern der beiden kommen ins Bild.

»Es tut mir leid«, sagt meine Mutter.

»Nein, nein.«

Auf dem Hof der Grundschule. Im Nachtwind bewegt sich die leere Schaukel.

»Wegen meines Bruders konnte ich die ganze Zeit nicht aus dem Haus.«

Mein Vater versucht in ihrem Gesicht zu lesen und fragt: »Findet er mich unsympathisch?«

»Ja.«

»Und warum?«

»Er mag einfach Ihr Aussehen nicht.«

Mein Vater braust auf. »Müssen Sie so direkt sein?«

Meine Mutter sagt: »Es tut mir leid.«

Sofort sind beide betreten. Um sie herum wird es still, wie in dem Moment, bevor das Feuerwerk losging. Mein Vater sagt verlegen: »Soll ich Ihnen etwas Lustiges zeigen?«

Er holt aus seiner Jackentasche einen Löffel. Gespannt sieht ihn meine Mutter an. Er versucht den Löffel zu verbiegen.

»Komisch, eben hat es noch geklappt.«

Der Löffel gibt kein bisschen nach. Mein Vater versucht es erneut, mit aller Kraft. Sein Gesicht läuft rot an, am Arm schwellen die Adern. Doch der Löffel lässt sich nicht verbiegen. Mein Vater schleudert ihn von sich und schreit: »Verflucht noch mal!«

Verschreckt starrt ihn meine Mutter an. Mein Vater wird verlegen und versucht sich zu rechtfertigen. »Ähm, ich kann es wirklich.« Er kratzt sich am Kopf. »Wenigstens das wollte ich Ihnen zeigen.«

Wieder herrscht Betretenheit. In solchen Momenten weiß man nie, was man sagen soll. Die beiden sehen sich an. Mein Vater zögert. Stark erweiterte Pupillen mit hungrigem Blick. Mein Vater sieht meine Mutter an. Auch sie sieht ihn an. Der Moment, sich zu küssen, ist da. Die Herzen der beiden stehen kurz davor, einander zu berühren. Doch dann fällt meinem Vater das Rettich-Kimchi ein, das er vorhin gegessen hat. Auch die Zigaretten, über eine Schachtel, und der Makgeolli werden ihm bewusst.

»Einen Moment«, sagt mein Vater. »Warten Sie hier. Bin gleich zurück.«

Unruhig sieht ihn meine Mutter an.

»Es dauert nicht lange.«

Keuchend erreicht mein Vater das Waschbecken. Er dreht den Wasserhahn auf, schöpft mit beiden Händen das kalte Wasser und steckt sein Gesicht hinein. Im Wasser sieht er die Linien seiner Hände. Dann spült er sich mehrmals den Mund. Er hält sich die Hand vor die Nase. Er neigt den Kopf zur Seite, ist sich immer noch nicht sicher. Da entdeckt er etwas. Ein Stück blaue Seife. Mein ungeduldiger Vater schmiert sich die Finger mit der Seife ein. Mit der im Wasser weich gewordenen Seife geht das gut. Mein Vater reibt sich mit den Fingern die Schneidezähne ein. Die Seife dringt ihm zwischen die Zähne. Mein Vater reißt den Mund weit auf und reibt sich auch die Backenzähne ein. Augenblicklich überkommt ihn Brechreiz. Mein Vater spült sich wieder den Mund. Was er auch anstellt, der Seifengeschmack will nicht weggehen. Ihm ist unwohl und flau im Magen. Wegen des Seifengeruchs schmerzt ihm der Kopf, als wolle er zerbersten. Ihm ist zumute, als ob sein Gehirn nur noch aus Seife bestünde. Er richtet sich auf und rennt auf wackligen Beinen zu meiner Mutter zurück.

»Haben Sie lange gewartet?«

»Wo waren Sie?«

»Ach, nirgends.«

Mein Vater hat Kopfschmerzen. Doch als er meiner Mutter ins Gesicht schaut, überkommt ihn am ganzen Körper ein Prickeln, wie damals, als er barfuß über den heißen Sand lief. Unwillkürlich befeuchtet er sich die Lippen. Er befeuchtet sie sich, als hätte er die wichtigste Lüge der Welt zu erzählen. Er fasst meine Mutter an den Schultern. Meine Mutter schließt die Augen. Die Gesichter der beiden kommen sich näher. Bevor sich die Lippen berühren … Stille um sie herum. Dann der langersehnte Kuss. Weich legen sich die Lippen aufeinander. Da steigen über dem Kopf meines Vaters Tausende von Seifenblasen auf. Der Traum meines Vaters, hinausgetragen ins Universum. Blau schimmernd unter dem Nachthimmel, nach Seife duftend und frisch, ein Tagtraum aus durchsichtigen Seifenblasen.

»Genau in diesem Augenblick bist du zur Welt gekommen.«

Mit rasendem Herzklopfen rief ich aus: »Wirklich?«

Mein Vater antwortete gelassen: »Nein, das war gelogen.«

*

Mit einem trockenen Handtuch klopfte mir mein Vater die Haare von den Schultern. Mit Mühe machte ich die müden Augen auf und gähnte. Mein Vater sagte nichts. Ich fragte ihn singend: *Vater, Vater. Wie bin ich zur …* Von Weitem kam das Geräusch von Wellen. Ein vertrautes Geräusch. Vater, erzähl mir, wie es wirklich war. Das Gift des Kugelfischs scheint sich auszubreiten. Ich habe Durst und die Augen tun mir weh. Schwindlig ist mir auch. Vater, ich muss es jetzt wissen.

»Bist du müde?«

»Nein, Vater.«

»Wir sind fertig, lass uns schlafen gehen.«

Mein Vater entfernte das Zeitungsblatt.

»Das geht nicht. Ich darf heute Nacht nicht schlafen. Wenn ich schlafe, sterbe ich.«

Mein Vater sagte: »Du kannst ruhig schlafen.«

»Du lügst.«

»Nein, ich meine es wirklich.«

»Wie soll ich das glauben?«

»Mach, was du willst.«

»Wenn Mama am Leben wäre.«

Mein Vater stutzte. Ich nutzte die Gelegenheit und trotzte: »… hätte sie nicht so gesprochen.«

»…«

»Vater, ich bitte dich nie wieder darum. Nur ein letztes Mal, ja?«

Mein Vater legte mir die Hände auf die Schultern. Eine Weile schwieg er. Ich machte mir Sorgen, dass er verärgert sein könnte. Dann sagte er ernst: »Gut. Dafür darfst du mich nie wieder nach dieser Geschichte fragen, verstanden?«

Ich nickte kräftig.

»Alles, was ich dir jetzt erzähle, ist wahr. Das schwöre ich bei deiner Mutter. Was aber nicht heißen soll, dass das, was ich dir vorhin erzählt habe, gelogen war.«

Auch diesmal nickte ich. Mein Vater holte tief Luft.

»Ich habe deine Mutter in Chuncheon kennengelernt, im Wartesaal des Bahnhofs. Damals schnürte ich mir die Militärstiefel neu zu und wartete auf den Zug. In Richtung Cheongyangli, Abfahrt fünfzehn Uhr.«

Die Geschichte nähert sich wohl dem Ende. Und auch diese Nacht wird bestimmt zu Ende gehen. Ich werde nicht sterben, sondern leben, um diese Geschichte irgendwann einmal anderen Leuten zu erzählen, denke ich.

Beim Einnicken kippt mein Kopf nach vorne weg, ich schrecke auf. Aus der Ferne dringt die Stimme meines Vaters. Gerade jetzt, wo die wahre Geschichte erzählt wird, überkommt mich die Müdigkeit. Wieder kippt mein Kopf nach vorne. *Vater, Vater. Wie bin ich …* Von irgendwo flüstert der Wind. Das, was du gerade fragst, ist nicht deine wirkliche Frage. Ich schwebe irgendwohin. Dabei muss ich doch meinem Vater zuhören. Wenn ich die Geschichte jetzt nicht höre, bekomme ich sie nie zu hören. Die Stimme rückt in immer weitere Ferne. Dort unter dem weit zurückliegenden Himmel explodiert das Feuerwerk. *Bamm, bamm!* Flackernde Feuerfunken. Ich schwebe weit oben am Himmel und sehe auf unser Haus hinunter. Weit weg auf der Skandinavischen Halbinsel erblicke ich meinen Bruder. Er steht auf einem Berg und winkt mir mit hochgerissenem Arm zu. Er scheint mich zu kennen. »Heh!« Ich kann ihn kaum hören. Er ruft noch einmal: »Heh!« Seine Stimme hallt über die Berge der Halbinsel. Ich nehme all meinen Mut zusammen und frage: »Wie bitte?« Er sagt: »Wir befinden uns hier in der Zwischeneiszeit, daher steigt der Meeresspiegel bei uns jedes Jahr um zwei Zentimeter an!« Ich frage etwas lauter: »Wie bitte?« Er winkt mir zu und schreit, als müsse er das, so laut er kann: »Das Wohlbefinden, über das man sich nach dem Abschied nicht erkundigen konnte, auch nicht nach dem Wohlbefinden jenseits dieses Wohlbefindens, ich hoffe, dass es Ihnen allen gut geht.« Ohne mich von der Stelle zu rühren, antwortete ich meinem Bruder auf der Skandinavischen Halbinsel ganz leise: »... Danke.«

Ein sehr winddurchlässiges Haus. Ich sehe ein vor sich hindösendes Kind. Ein Kind, das der Geschichte lauscht, die der Wind und die dichten Isobaren mit sich bringen. Weil das Kind die Stimme seines Vaters nicht mehr vernimmt, will es nun selbst erzählen. Die Geschichte, wie sein Vater seine Mutter kennenlernt.

Die Mutter sagt. Jedes Mal, wenn ich Sehnsucht nach Ihnen habe, juckt es am ganzen Körper. Der Vater sagt. Soll ich Ihnen etwas Lustiges zeigen? Das Kind wirft Hunderte von Löffeln hoch in den Himmel. Die umherkreisenden Löffel glänzen wie Feuerwerkskörper. Der Vater umarmt die Mutter. Der Körper der Mutter verbiegt sich wie ein Löffel. Die Mutter sagt. Du lügst. Der Vater sagt. Nein, das ist wahr. Das Kind sagt. Genau. Das stimmt. Der Vater sieht die Mutter an. Die Mutter sieht ihn auch an. Warten Sie einen Moment. Sagt der Vater. Keine Sorge, die Mutter wird dort sein. Guten Tag. Wie geht es Ihnen. Das Kind wird immer kleiner und schrumpft zusammen wie ein Samenkorn. Mit den Augen blinzelnde Kugelfische. Schwimmende Kugelfische. Wind vom Nordpazifik. Also das, ist ein Geheimnis. In der Ferne bricht der Tag an, aber niemand fragt, ob es wahr ist, und niemand erwidert, dass es gelogen ist. Ich bekomme halb mit, wie mich mein Vater auf den Boden bettet. Ohne den Mund aufzumachen, murmele ich. Dass alles vielleicht nur ein Traum ist, dass ich diesen Traum jedoch unbedingt treffen muss, so wie auch der Wind Tausende Kilometer vom Nordpazifik zurückgelegt hat, um mich zu erreichen.

Der Papierfisch

Manchmal stellt er sich die großartigsten Räume auf der Welt vor. Einen Müllplatz danebengegangener Witze zum Beispiel, Schließfächer erkälteter Helden, einen Ansteckbuttonladen mit Herz sowie Räume, die noch nie einen Namen besessen haben. Die Häuser, Geschäfte, Toiletten, Schulen und Städte um ihn herum stellen eine überwiegend sechsflächige Welt dar, doch die Flächen der Räume seiner Vorstellung zählt nur er. Er besitzt ein Mobiltelefon mit der veralteten Vorwahlnummer 016 und eine E-Mail-Adresse, die mit dem Buchstaben B beginnt. Seine Kontonummer fängt mit 070 an und seine Führerscheinnummer mit 02. Er ist Jahrgang 1980, und wir schreiben jetzt das Jahr 2004. Er lebt also in einer ernst gemeinten Welt, in einer Welt des Durchschnitts und der Missverständnisse. Doch was er nicht weiß: Im Jahr 2004 fließt in Seoul immer noch die Zeit des Vaters. In einer Zeit also, in der man im Glücksfall nur unentschieden davonkommt, weiß er, der ja immer nur in seinem Zimmer herumliegt und sich selbst befriedigt, so gut wie nichts.

Er kam auf dem »Misthügel« zur Welt. Das war ein Viertel mit einer sich in den Himmel windenden Treppe. Wenn man beim Hinaufgehen den Namen des Vaters und den dessen Vaters sowie den dessen Vaters aufsagte, war das Ende der Treppe immer noch nicht abzusehen. Einmal lief eine jungverheiratete Frau, die Namen der Väter auf den Lippen, zum Markt hinunter, und als ihr irgendwann die Namen ausgingen, kam sie abhanden. Die Leute wussten, dass es sehr lange dauert, um vom Misthügel in die Stadt hinunterzulaufen. Dass die Welt, wenn die Söhne der Söhne der Söhne entschlossen den Weg in die Stadt antreten, eine ganz andere sein wird, und dass auch die Söhne dann ein ganz anderer Menschenschlag sein werden. Wie das Licht, das man heute von der Erde aus ins All hinausschießt, erst in Hunderten von Jahren einen Stern erreicht. Wie aus dem Nichts würden die Söhne in der Stadt ankommen, irgendeiner Stadt. Und sich für ihren eigenen fremden Glanz schämen.

Ob es den Misthügel immer noch gibt, weiß er nicht. Er weiß nur, dass es auf der Welt unzählige solcher Hügelviertel gibt. Die zwar immer wieder abgerissen werden, sich im Nu aber immer wieder erheben. Das weiß selbst er, der ja eigentlich so gut wie nichts weiß.

Vor zwanzig Jahren war er an der Hand seiner Mutter die Treppe zum Misthügel hinaufgestiegen. Auf jeder Stufe hatte er seiner Mutter eine Frage gestellt. Was ist das hier und was das dort? Warum ist der Himmel blau und die Erde rot? Und je höher sie stiegen, desto lebhafter entströmten ihm die Fragen, gerade wie der Schweiß dem Körper seiner Mutter. Sie war angespannt, denn sie hatte Angst, dass ihr Sohn ihrer schweißnassen Hand entgleiten, dass sie ihn für immer an die Tiefe des Abgrunds verlieren könnte. Doch das Kind stellte die bereits gestellten Fragen wieder und wieder und trieb damit seine Mutter, die ihm die ganze Zeit geduldig geantwortet hatte, an den Rand des Wahnsinns. Sie bekam keine Luft mehr und fühlte sich kurz vor einer Ohnmacht. Mal trug sie das Kind auf dem Rücken, dann in den Armen, um es schließlich wieder abzusetzen und Hand in Hand mit ihm weiterzugehen. Ein wenig später, als sie, aschfahl im Gesicht und auf wackligen Beinen mit letzter Kraft die letzte Stufe erklimmen wollte, rief der Junge, der bis dahin pausenlos geplappert hatte, wieder »Mama!« Die Mutter, wegen der ständigen Fragen ohnehin kurz davor, zu explodieren, rief mit drohender Miene: »Was ist?«

»Warum heißt das eigentlich Misthügel?«

Sie hielt inne. Das Viertel hieß »Misthügel«, weil vor langer Zeit die Menschen hier, außerhalb der ehemaligen Stadtmauern, ihre Fäkalien entsorgt hatten. Sie zögerte einen Moment. Dann hob sie ihren Sohn mit Schwung auf die letzte Stufe und antwortete: »Das heißt so, weil man mit dem Misthügelspiel, jede Stufe eine Frage, die Zeit vergisst und den Hügel flugs bewältigt.«

Er war eine Frühgeburt. Seine Eltern hatten nicht genug Geld, um ihn in einen Inkubator zu stecken. Sie legten das Kind auf den kalten Zimmerboden, wie um es sterben zu lassen. Doch es wollte nicht sterben, auch nach vier Tagen nicht, sondern schrie wie am Spieß. Seine Mutter flößte ihm mit einem Teelöffel etwas Gerstentee ein. Erstaunlicherweise hörte das Kind sofort auf zu weinen und schluckte den Tee. »Ein Kind reicher Leute wäre gestorben. Es hat wohl überlebt, weil es aus armem Hause ist.« Mit diesen Worten nahm die Mutter es in die Arme, dann legte sie es wieder auf den kalten Boden.

Sein Vater hatte, als er nach der Arbeit mit einer Packung Instantnudelsuppe unter dem Arm nach Hause gekommen war und dort seine Mutter vorgefunden hatte, die ohne Ankündigung vom Land zu ihm nach Seoul gekommen war, eine ganze Weile wie angewurzelt dagestanden, war dann wortlos wieder hinausgegangen, um mit einer weiteren Instantnudelsuppe zurückzukommen. Daraufhin war er zur Welt gekommen, mit dem Gestus von einem, der sich trotzköpfig durchsetzen will.

Die Brüste seiner Mutter gaben nicht genug Milch. Die alten Frauen in der Nachbarschaft rieten ihr: »Da helfen geschmorte Ochsenfüße.« Sie hatte kein Geld, also kaufte sie sich geschmorte Schweinsfüße. Doch das Kind hatte einen beachtlichen Appetit, sie litt unter ständigem Durst. Als sie sich selbst die Schweinsfüße nicht mehr leisten konnte, füllte sie eine Kanne mit Makgeolli und trank beim Stillen daraus. Mit der einen Hand das Kind haltend, nahm sie mit der anderen große Schlucke aus der Kanne. Wenn sie, mit entblößter Brust und dem Kind in den Armen, einnickte, hatte ihre Bluse an der Knopfleiste stets weiß verkrustete Makgeolliflecken. Später meinte er, tagsüber deshalb so viel zu träumen, weil er mit Alkohol gestillt worden war.

Das Zimmer, in dem er aufwuchs, war an allen vier Wänden mit Zeitungspapier tapeziert. Die Wände auf der linken und rechten Seite waren ungleich hoch, auch die Maße des Bodens und der Decke stimmten nicht überein. Als er sechs Jahre alt war, fand seine Mutter eine Anstellung in einer Fabrik für künstliche Augenwimpern. Bis sie nach Hause kam, verbrachte er den Tag eingesperrt im Zimmer. Außer einem niedrigen Esstisch mit krummen Beinen, auf dem eine Fliegenhaube stand, einem Nachttopf und einem faltbaren Kleiderschrank gab es nichts. Keinen Fernseher und auch keine Bücher. Das Einzige, was er im Zimmer tun konnte, war Schlafen oder Gedanken spinnen. Er hatte die Angewohnheit, beim Schlafen die Arme über den Kopf lang auszustrecken, was dann aussah, als riefe er *Hurra*. Da er jedoch beim Schlafen viel schwitzte, sah sein *Hurra* aus, als würde er zur Strafe in der Ecke stehen. »Kinder, die so schlafen, haben Sorgen, sagt man …«, sagte seine Mutter und zog ihm die Arme wieder nach unten. Er schlief zweimal am Tag. Tagsüber, weil er nichts zu tun hatte, und nachts aus Rücksicht auf seine erschöpften Eltern und die Stromkosten. Er träumte überwiegend bei Tage, denn da war er immer viel unruhiger als nachts.

Eines Tages fuhr er gerade in dem Moment, als sich ein Fisch mit aufgerissenem Maul auf ihn stürzen wollte, aus dem Schlaf. Er lag in seinem kalten Schweiß und atmete schwer. Um ihn war es ruhig, niemand war da. Wie jemand, der auf einem fremden Stern gelandet ist, sah er sich im Zimmer um. Auf dem vergilbten Zeitungspapier drängten sich die dunklen Schriftzeichen aneinander wie die Samen einer fremdartigen Pflanze. Munter plauderten sie miteinander, schienen aber allesamt zu verstummen, sobald er seinen Blick auf sie richtete. Mit dem Handrücken wischte er sich den Schweiß ab und rückte näher an die Wand. Er sah die Wände jeden Tag, hatte ihnen jedoch bislang kaum Aufmerksamkeit geschenkt. Auf einmal aber erschienen ihm die Wände, die Decke und der Boden des Zimmers, in dem es kein einziges

Spielzeug gab, in einem neuen Licht. Ihm wurde klar, dass er hier auch etwas anderes tun konnte, als immer nur zu schlafen oder zu phantasieren. Er nahm die Schriftzeichen wahr wie ein Tier sein Futter. Und tastete sie ab, wie man ein lebloses Tier, das vielleicht nur vortäuschte, tot zu sein, mit dem Fuß leicht anstoßen würde. Die Zeitungen trugen ganz verschiedene Daten, und alles war von oben nach unten geschrieben.

ooo gibt bekannt: Fünf-Punkte-Plan zum ooo-Vorfall | Vermeiden Sie ooo, aber achten Sie auf ooo | ooo nächstes Jahr auf 83,1 Milliarden Won festgelegt | 27% ooo als ooo 78 | Sofort-Kredit | Spendenhilfe für ooo | Sehr geehrte ooo | Amtsantritt des 9. ooo am 27. ooo | Eröffnung: Kyoungbok-Nachhilfeschule | Einfrierung | Schweißen | durch das Militär ausgewiesene Anguk-Lehranstalt | Autoreparatur | Kulinarisches aus unserer Region (Teil 1) | Bestase: Das auf koreanisches Essen zugeschnittene Verdauungsmittel | 5 Personen im Zusammenhang mit ooo | Wassergebühren ooo um 42% | Wir gratulieren – Sorak-Immobilien | Wir gratulieren herzlich dem Los-Gewinner – Kwangjin-Service …

Er genoss es, die ihm fremden Wörter auszusprechen, sich den Klang förmlich auf der Zunge zergehen zu lassen. Vom Fernsehprogramm über Kinowerbung bis hin zur Wettervorhersage, was in der Zeitung stand, war schier unerschöpflich. Doch chinesische Schriftzeichen und lateinische Buchstaben konnte er nicht lesen, und was so in der Zeitung stand, war größtenteils unverständlich. Aber vielleicht war das auch gut so. Wenn er es nicht verstand, konnte er auch nicht darauf hereinfallen.

In jener Nacht klebte er am Rockzipfel seiner Eltern und wies auf die Stellen, die er nicht lesen konnte. Seine Eltern waren einigermaßen verlegen. Auch sie konnten weder chinesische Schriftzeichen noch lateinische Buchstaben lesen. Sie staunten über ihren Sohn, der im Nu die Schrift erlernt hatte. Seine Mutter hatte ihm in Bruchstücken nur Hangul, das koreanische Alphabet, beigebracht. Sie fragte ihn: »Wie hast du das alles gelernt?« Doch er schüttelte nur deprimiert den Kopf.

Hatte er eine Wand ausgelesen, las er die nächste. War er auch mit dieser fertig, ging er zur dritten über. Mit dem Übergang von der einen zur nächsten Seite wurde er immer kühner, auch sein Lesetempo beschleunigte sich. Er las alle vier Wände, er las sie wieder und wieder. Denn als es keine neuen Wände mehr gab, fing er einfach wieder von vorne an. Nur auf eine andere Weise als zuvor. Er mischte einen Satz hier mit einem anderen Satz dort, ein Wort hier mit einem dort, als setzte er Teile eines Puzzles zusammen. Bei Wörtern, die er nicht kannte, stellte er sich einfach irgendeine Bedeutung vor, und Kolumnen las er von links nach rechts. Das war zwar viel anstrengender, aber er mochte diese Methode. Sie machte ihm viel mehr Spaß.

Nach ein paar Monaten hatte er die Wände satt. Er hob den Kopf. An der Decke war alles verlaufen, weil es durchgeregnet hatte. Er fand, die Zeichen dort sähen aus wie der Unterbauch seiner Mutter. Er wünschte sich, die Schrift an der Decke zu berühren. Doch sie war weder leserlich, noch ließ sie sich anfassen. Wie ein kleiner Junge, der auf ein Raumschiff wartet, stand er mitten im Zimmer und starrte mit zusammengekniffenen Augen sehnsüchtig zur Decke. Doch was da zu ihm hinunterkam, war nicht das helle Licht eines Raumschiffs, sondern ein großer schwarzer Fleck. Von Tag zu Tag breitete er sich weiter aus und lief irgendwann die Wand hinunter. Die Schriftzeichen, denen er nachjagte, starben einen Massentod, wie Tiere in einer Epidemie. Er hatte Angst, dass der Fleck nicht nur die Wand, sondern auch ihn verschlingen könnte. Oft fuhr er aus Albträumen hoch, brach in Tränen aus und erschreckte so seine Eltern, die gerade miteinander schliefen.

Einige Tage darauf tapezierte sein Vater das Zimmer neu. Doch die Tapeten hielten nicht lange. Gerade als sie dachten, das Zimmer sei etwas ansehnlicher geworden, bildete sich auch schon ein erbsengroßer Fleck, der rasch so groß wie eine Wassermelone wurde. Er breitete sich über die ganze Decke aus und lief schließlich in den Ecken immer weiter die Wände hinunter. Sein Vater überklebte alles mit Zeitungen und, wenn neue Flecken entstanden, mit noch mehr Zeitungen. So ließ sich zwar nichts abdichten, doch bildeten die hinzukommenden Tapeten, die sich wie Schorf auf eine Wunde legten, irgendwann eine solide Schicht und boten Schutz vor dem Wind, bis seine Eltern und er von dort fortzogen.

Es war Jahre her, dass er seine Mutter gefragt hatte, was »Misthügel« bedeute, und noch bevor er die Antwort verstehen konnte, zog seine Familie aufs Land. Sein Vater sagte:

»Wenn man im hohen Alter in die Heimat fährt, wird man nicht respektiert.« Er kündigte bei der Firma, die Transformatoren herstellte und die ihn, weil er nur einen Grundschulabschluss habe, sieben Jahre lang nicht befördert hätte. Sein Vater sagte: »Lasst uns in die Heimat ziehen. Hier sind wir doch immer nur fremde Gäste.«

Er wuchs daraufhin in einer kleinen Stadt auf dem Land auf. Seine Mutter hatte insgeheim geglaubt, er würde gut in der Schule sein. Doch sobald er in die Grundschule ging, vergaß er das koreanische Alphabet völlig, es war, als hätte er es nie beherrscht. Seine Diktatnoten waren mangelhaft und auch beim Lesen blieb er ständig hängen. Er wuchs auf wie alle. Wie ein Kind eben, das die Masern bekommt, aufbegehrt, masturbiert, in seiner Klasse als Gruppensprecher auftritt, mit der Nase vor dem Fernseher sitzt. Er bot seinen Eltern keinen Anlass, stolz auf ihn zu sein, aber sie mussten sich auch nicht für ihn schämen. Sie fingen an, sich ein wenig für ihn zu schämen, als eine Oberschule ihn nur deshalb aufnahm, weil es nicht genügend Bewerber für diese Schule gab, und sie schämten sich sehr für ihn, als er an einer Fachhochschule aufgenommen wurde, die sehr viel weniger Wertschätzung genoss als andere Hochschulen, nur weil sie sich in ihrer Ortschaft befand.

Auch er war nicht immer nur stolz auf seine Eltern. Normalerweise dachte er nicht über den Beruf seines Vater nach, der Siegel schnitt. Die Leute im Ort waren sich alle ähnlich, niemand galt als besser oder schlechter als die anderen oder war Spott oder irgendwelcher Nachrede ausgesetzt. Doch eines Tages, als er gerade nur in Unterwäsche schlief, rüttelte sein betrunkener Vater ihn wach. Er drückte ihm eine vom langen Halten warm gewordene Mandarine in die Hand und lallte zusammenhangloses Zeug. Er hörte nur halb hin, da fragte sein Vater: »Schämst du dich für das, was ich mache?« Er hatte sich noch nie für den Beruf seines Vaters geschämt, doch in dem Moment, als er diese Frage gestellt bekam, fing er an, sich dafür zu schämen.

Mit zwanzig kam er zum Militär. Das war etwas ebenso Normales wie das Fernsehen, mit dem alle koreanischen Kinder aufwachsen. Dass junge Männer wie er Militärdienst leisteten, war nicht merkwürdig. Von denen, die den Dienst ableisteten, hielt ihn allerdings niemand für nicht merkwürdig. Beim Militär stellte er fest, dass sich für jemanden zu schämen auch bedeuten kann, diese Person zu verstehen. Für das, was er beim Militär sah, hörte und anfasste, schämte er sich nicht, auch nicht für das Prügeln, das Geprügelt- und Verspottetwerden, die Parolen, Lieder und Transparente. Er verachtete es. Er erinnerte sich daran, sich einmal für den Beruf seines Vaters geschämt zu haben, aber von da an schämte er sich nie wieder dafür.

Nachdem er die volle Dienstzeit abgeleistet hatte, absolvierte er an der Uni die restlichen Semester. Sein Vater hatte sich, Jahre zuvor, auf die vielen Fragen der Verwandten am Neujahrstag noch gescheut, den Namen der Universität zu nennen, die sein Sohn besuchte. Aber die Abschlussfeier des eigenen Kindes war schließlich etwas Bewegendes. Doch schon vor dem Eingang der Festhalle stritt er, der Absolvent, mit der Mutter. Er wollte keine Blumen, sie aber wohl. Und wenn, hätte er lieber Calla gehabt, doch die Mutter nahm Rosen. In der Nähe der Festhalle liefen schäbig gekleidete Fotografen mit umgehängten Schildern herum. Er maulte, diese Fotos seien rückständig, doch die Mutter bestand darauf.

»Wir machen alle zusammen ein Familienfoto.«

»Das ist doch kitschig.«

»Du musst es ja nicht nehmen. Das ist für mich.«

Nach der Feier ging er mit seinen Eltern in das einzige Restaurant in ihrer Gegend, denn sein Vater hatte lautstark verkündet, er wolle sie zu einem Steak einladen. Gutgelaunt führte sein Vater ihn ins Restaurant und bestellte das Steak, das Teuerste auf der Speisekarte. Doch auch nach einer Stunde kam noch kein Steak. »Das dauert bestimmt so lange, weil es sich um etwas Teures handelt«, sagte sein Vater und lachte ausgelassen. Eine ganze Weile später kam der Koch, der herumprobiert hatte, mit einem Teller. Seine Eltern und er besahen ihn sich erwartungsvoll. Gewöhnlicher Schinken lag darauf, klein gewürfelt und mit Ketchup vermischt. Der Koch hatte nicht gewusst, wie man Steak zubereitet. Er und seine Eltern dachten zwar irritiert, dass da etwas nicht stimme, aber weil sie noch nie in ihrem Leben Steak gegessen hatten, trauten sie sich nicht, sich zu beschweren. Und aßen einfach in dem *Glauben*, dass es Steak sei.

Nach seinem Universitätsabschluss lag er ein paar Monate lang den ganzen Tag nur in sich eingerollt im Zimmer. Meistens hielt er Mittagsschlaf oder las. Auch wenn es wohl keine Eltern gibt, die es nicht gern haben, wenn ihr Kind liest, so war doch, in den Augen seines Vaters, alles, was sein Sohn tat, nur nutzloses Zeug. Den Leuten in der Gegend erzählte er, sein Sohn bereite sich auf die Beamtenprüfung vor, aber jeden Abend stritten sich Vater und Sohn über den einzuschlagenden Beruf. Immer wenn sein Vater ihn anbrüllte oder ihm ins Gewissen redete, erwiderte er: »Ich habe schon meine Pläne.«

Ein paar Monate darauf kamen seine *Pläne* zum Vorschein. Wie einer, der nach vielen Jahren des Höhlenlebens mit einer wichtigen Erkenntnis ans Tageslicht tritt, teilte er seinem Vater mit, er wolle nach Seoul gehen. Seoul? Warum nach Seoul? Um dort zu arbeiten. Arbeit? Was für Arbeit? Es ist nichts Unnützes. Kannst du das nicht hier machen? Bleib lieber zu Hause. Aber Vater. Du hast eine falsche Einstellung. Ich will nach Seoul. Hast du Geld? Das ist egal. Du hast doch niemanden, dem du dich dort anvertrauen kannst. Das macht nichts. Selbst Burschen, die in Seoul studiert haben, finden keine Arbeit. Acht Prozent Jugendarbeitslosigkeit, liest du keine Zeitung? Das macht nichts. Du musst doch etwas mit deinem Hauptfach Mathematik anfangen. Das ist egal. Als jemand, der mal in Seoul gelebt hat ... Sein Vater brach den Satz ab. Er schien nicht gern über die damalige Zeit zu sprechen. Sein Vater hielt eine Rede über die aktuelle politische und wirtschaftliche Lage. Doch er erwiderte immer nur, das mache nichts. Sein Vater explodierte angesichts der Starrköpfigkeit seines Sohnes, warf den Aschenbecher nach ihm und brüllte: »Warum macht dir alles nichts aus?«

Schließlich setzte er seinen Willen durch. Seine umzugserfahrene Mutter sagte zu ihm, bei der Wohnung müsse man auf den Vermieter achten, sie könne nur dann beruhigt sein, wenn sie ihm eine aussuche. Er hielt seine Mutter, die ihn unbedingt nach Seoul begleiten wollte, davon ab. Die Stadt wäre bestimmt nicht mehr die, die sie einst gekannt hatte. Schon im Bus nach Seoul und beim Umsteigen in die U-Bahn wäre sie erschöpft und würde die Wohnung schließlich nicht nach dem Vermieter, sondern nach dem Preis aussuchen. Für ihn war nur wichtig, dass es ein Zimmer war. Jedes Zimmer hat Wände, und das war es, was er brauchte. Er löste eine Fahrkarte nach Seoul und nahm seine Tasche auf den Rücken. Darin lagen, als wäre es Falschgeld, ganze Bündel von Post-it-Notizblöcken. Im Bus waren nur wenige Fahrgäste. Er setzte sich auf einen Platz, der nicht von der Sonne beschienen wurde. Zwischen den Rückenlehnen der Sitze vor ihm sah er einen Arm mit Obergefreiten-Rangabzeichen und eine sich an die Schulter des Obergefreiten lehnende Frau. Die beiden flüsterten miteinander, kicherten, knufften einander und schwatzten. Er sah aus dem Fenster, irgendwann schlief er ein.

Eine ganze Weile später wachte er auf, weil ihn etwas blendete. Die Sonne stand jetzt anders. Er zog den Vorhang zu. Plötzlich hörte er ein Kichern. Es war die Frau vor ihm. Er sah sie durch den Spalt zwischen den Sitzen. Der Mann mit dem Obergefreiten-Rangabzeichen hatte eine Sportzeitung aufgeschlagen. Die Frau flüsterte dem Mann zu: »Guck mal, was die für Haare hat ...«

Er drückte sich an die Lehne vor ihm und kniff die Augen zusammen. Unten auf der Zeitungsseite sah er das Foto einer Gewichtheberin. In dem Artikel hieß es *Junge Chinesin mit Asienrekord* oder so ähnlich. Die Frau hielt sich mit einer Hand den Mund zu, um das Lachen zu unterdrücken, und zeigte mit der anderen, um Zustimmung heischend, auf das

Foto. Der Uniformträger nahm das Zeitungsfoto etwas genauer unter die Lupe. Die massige Athletin trug einen eng anliegenden Sportanzug. Vom Gesicht und vom Körperbau her konnte man sie schwerlich für eine Frau halten. Ihr breites Gesicht war hässlich, und die lieblos geschnittenen Haare standen nach allen Seiten ab. Mit gestreckten Armen hielt die junge Frau die Hantel hoch, sodass man ihre abstoßenden Achselhaare sah. Ihr Gesicht war bis zum Äußersten verzerrt. Die Frau auf dem Vordersitz schüttelte sich fast vor Lachen. Denn die schweißüberströmte junge Frau in ihrer Hurra-Haltung mit den freigelegten Achselhaaren machte ein überaus ernstes Gesicht. Er drehte sich zum Fenster. Er bekam Lust, etwas zu lesen, kramte in seiner Jackentasche und fand die Packung Kaugummi, die er vorhin am Bahnhof gekauft hatte. Aufmerksam las er die Liste der Ingredienzien auf der Rückseite. Das gehörte zu seinen Lieblingsbeschäftigungen. Er murmelte: »Xylitolkaugummi. Enthält Kaugummibasis, Isomalt und Maltitol.«

Die alte Frau führte ihn zum Haus. Durch einen engen Gang gelangten sie in den Hof eines heruntergekommenen Gebäudes; es war im westlichen Stil gebaut und hatte ein Ziegeldach. Von dort bog die alte Frau um die Ecke. An der Ecke führte eine Treppe ohne Geländer hoch aufs Dach; auf jedem Treppenabsatz standen verstaubte Pflanzen. Mitten auf dem Dach erhob sich ein schiefer Zementbau; die Wände waren nackt. Lachend sagte die alte Frau: »An Männer wollte ich es eigentlich nicht vermieten.«

Er blickte nach unten. Dort erstreckten sich Häuser von

ähnlicher Größe, alle flach, wie gebeugt. Seit einer Weile schon ertönte der Lautsprecher eines Gemüsewagens, und ein Mann im Unterhemd, der aus dem zweiten Stock eines Hotelzimmers auf die Straße sah, zog mit einem Ruck den Vorhang zu. Als die alte Frau den Schlüssel ins Schloss steckte und ein bisschen rüttelte, spuckte die Haustür ein erstes Stück Dunkelheit aus.

»Hier die Küche.«

Die schmale Küche lag quer zum Eingang. Von der Decke hing eine Glühlampe wie eine verschrumpelte späte Aubergine. An der einen Wand reckten Seite an Seite ein roter und ein blauer Wasserhahn ihre Gummimäuler ins Zimmer. Eine Stelle auf der gegenüberliegenden Wand war dick mit Zement überstrichen, wohl um die Spuren eines alten Kohle-Boilers zu verdecken. Vor der Zimmertür hantierte die alte Frau erneut mit dem Schlüssel. Die Tür war sehr klein, nur halb so groß wie die Haustür. Gebeugt betrat er das Zimmer. Der Raum war quadratisch und die Decke ziemlich hoch. Es roch nach feuchtem Zement.

»Und die Toilette?«

Die alte Frau erwiderte, die befinde sich unter der Treppe neben dem Boilerraum. Sie betonte wiederholt, dass sich vor kurzem ein vorlautes Mädchen das Zimmer angeschaut habe, doch sie habe sich geweigert, es an das Mädchen zu vermieten. Er tat absichtlich anspruchsvoll und fragte, ob es einen separaten Wasser- und Stromzähler gebe, ob es ziehe, ob es Wasserschäden gegeben habe. Er sah sogar unter dem Bodenbelag nach. Das einzig Saubere in dem Zimmer waren eigentlich nur die Tapeten, die für den neuen Mieter frisch geklebt worden waren. Was ihm zusagte, war die Miete. Eine Million Won Kaution und hunderttausend Won im Monat. Als er die alte Frau fragte, ob er gleich nach der Anzahlung einziehen könne, erwiderte sie, das könne er halten, wie er wolle.

Nachdem die alte Frau mit zittrigen Beinen die Treppe hinuntergestiegen war, rauchte er allein auf dem Dach eine Zigarette. Dabei entdeckte er eine rostige Gewichtheberhantel. Sie lag auf einer blau gepolsterten Holzliege und war mit zwei 15kg-Scheiben bestückt. Unter der Holzliege lagen weitere, kleinere Hantelscheiben herum. Vermutlich hatte sie der Vormieter zurückgelassen.

Abgesehen von ein paar Gegenständen des alltäglichen Bedarfs gab es in seinem Zimmer nichts. Wollte man unbedingt etwas anführen, dann waren es die ihn umgebenden kahlen Wände. An dem Tag, als er einzog, holte er aus seiner Tasche ein Bündel Post-its heraus und riss eine Packung auf. Dann brachte er unten in einer Ecke sorgfältig das erste Post-it an und rieb mit einem Finger fest über die haftende Stelle.

Es hieß für mich: jetzt schreiben oder gar nicht schreiben. Also habe ich geschrieben.

Das stammte aus einem Vorwort, das ein Gelehrter namens Huizinga geschrieben hatte. Es waren seine Lieblingssätze. Mit einigem Abstand von der Wand betrachtete er das Post-it. In der Nacht schlief er wie üblich in seiner Hurra-Haltung und hatte den seltsamen Traum, dass die Wände um ihn herum sich bewegten.

Das erste Post-it stand in einem engen Zusammenhang mit seinem Umzug nach Seoul. Er hatte sich ein Zimmer gewünscht, von dem niemand etwas wusste und auch nicht aufsuchen konnte. Wie ein Bauer, der niemanden in die Nähe einer kalbenden Kuh lässt, brauchte er Ruhe und Stille. Doch gibt es eine Stadt, die so wenig Ruhe und Stille bietet wie Seoul? Gibt es eine Stadt, die grausamer ist? Vielleicht hatte er, genau genommen, das Bedürfnis nach Stille und Lärm zugleich gehabt. Auf den Boden, auf dem er stand, würde er nichts kleben. Der Boden war nicht dazu gedacht, beklebt zu werden, sondern die Wände zu tragen. Die Wand, an die er das erste Post-it geklebt hatte, füllte sich bald mit anderen Post-its. Er notierte darauf die Lieblingsstellen aus Büchern, die er gelesen hatte. Zumeist waren es Sätze toter Autoren, sodass die Post-its, die die Wand füllten, wie die Grabsteine eines riesigen Friedhofs anmuteten. Je mehr Post-its hinzukamen, desto lauter wurde die Wand. Höfliche Historiker, heitere Maler, Romanciers mit faulen Zähnen, zurückhaltende Wissenschaftler, stotternde Dichter, neurotische Evangelisten, Geografen, Abenteurer, Linguisten, Sportler und sogar Gott in Form einer Offenbarungsschrift. Entweder stritten sie sich oder prosteten sich zu. Er mochte den gesunden Lärm, der von der Wand ertönte. Mit Absicht brachte er Personen zusammen, die sich nicht vertrugen, oder manchmal auch einander ähnliche Stimmen. Einen Monat lang füllte er die Wand. Die Sätze folgten keinen Regeln und keiner Reihung, doch sie schufen sich selbst eine Ordnung. Er staunte darüber, dass die Stimmen völlig unterschiedlicher Epochen und Bereiche alle miteinander *verbunden* waren.

Als Nächstes wollte er etwas über sich schreiben. Er beschloss, damit die gegenüberliegende Wand zu füllen. Das musste kleiner geschrieben werden. Er stellte sich eine Regel auf. Sie lautete, dass der Satz auf einem Post-it vollständig sein müsse, also nicht erst auf dem nächsten Post-it verständlich werden dürfe. Er klebte das erste Post-it an die zweite Wand.

Ich bin im Jahr 1980 auf dem Misthügel zur Welt gekommen. Man erreichte dieses Viertel über eine sich in den Himmel windende Treppe.

Da die Geschichte von ihm selbst handelte, bedurfte es keiner Technik oder Gliederung. Nur ehrlich musste er sein. Er schrieb darüber, dass er mit Makgeolli gestillt worden war, über seine Tage in dem mit Zeitungen tapezierten Zimmer, über seine Abschlussfeier und dergleichen. Besonders hing er an der Anekdote mit dem Steak. Denn was der Koch in der Provinz gemacht hatte, ähnelte, schien ihm, dem, was er selbst vorhatte. Er schloss die Anekdote mit folgenden Sätzen ab: *Wir aßen im* Glauben*, dass es Steak war. Wie erleichtert wir doch waren, wir und der Koch!*

Raum und Zeit wurden manchmal nicht genau dargestellt, doch das war nicht so wichtig. Er beschrieb die Orte nicht, wie sie tatsächlich waren, sondern wie er sie kannte. Er schrieb in einem rasanten Tempo. Die Wand füllte sich im Handumdrehen. Eine Wand ist nur begrenzt groß, ein Post-it ebenfalls. Trotzdem klebte er die Zettel nicht enger oder gar übereinander. Er war der Meinung, dass zwischen den einzelnen Blättern unbedingt Abstand zu halten sei. Noch bevor ein Monat um war, klebte er, als hätte er nur auf diesen Moment gewartet, das letzte Post-it auf die letzte leere, von der Größe her wie dafür gemachte Stelle.

Dringlichkeit weckt in mir stets seltsame Schamgefühle.

Er trat zurück und betrachtete die Wand. Er hätte nicht gedacht, dass in ihm so viele Geschichten steckten. Wie bei der ersten Wand staunte er darüber, dass alles miteinander *verbunden* war. Er staunte darüber, dass Dinge, die für ihn keine Bedeutung gehabt hatten oder ihm nicht so wichtig erschienen waren, erheblichen Einfluss auf sein Leben genommen hatten. Plötzlich fiel ihm ein Satz ein. Rasch schrieb er ihn auf ein neues Post-it.

Mag sein, das hat nichts mit dir zu tun. Doch wir vergessen zuweilen, dass die unzähligen Dinge, die nichts mit uns zu tun haben, einen wichtigen Einfluss auf unser Leben nehmen. Eine Beziehung zwischen dir und einer defekten Telefonzelle in einer touristischen Kleinstadt in der Provinz, in der du garantiert niemals landen wirst. Zwischen dir und dem StarCraft-Sieger. Zwischen dir und dem Tintenfisch aus der Hölle, der an einem Ort ohne Licht und Sauerstoff lebt und der seit der Antike existiert. Du zwischen dir und dir.

Der Zettel war nicht groß genug, das letzte *dir* konnte er gerade noch so hinquetschen. Es wurde das erste Post-it an der dritten Wand.

Dort ging es chaotischer zu. Diese Post-its hatten weder einen klaren Zusammenhang noch bestanden sie aus vollständigen Sätzen. Er notierte flüchtige Gedanken, Worte und Sätze wie Geheimchiffren. Darunter befanden sich auch der *Müllplatz verfehlter Witze* und der *Ansteckbuttonladen mit Herz*. Sie sagten zwar nichts aus, aber stimmten irgendwie heiter. Er schrieb auch kurze Sachen zu bestimmten Situationen. *Ein Junge mit einer Hasenscharte, der geküsst werden möchte*, zum Beispiel, oder *ein Mann, der Seegrasblätter rös-*

tet, nachdem er von seiner Frau verlassen worden ist. Das konnte nur er verstehen. Auf der dritten Wand gab es mehr zum Schreiben Gedachtes als Geschriebenes. Er konzentrierte sich mehr auf das Betrachten als darauf, sie mit Schrift zu füllen. Er fühlte, dass er sich einer Sache näherte.

Die alte Vermieterin sah mit misstrauischem Blick, dass er den ganzen Tag nur in seinem Zimmer hockte. Ab und zu kam sie nach oben, um die Miete entgegenzunehmen. Er empfing die Alte immer nur vor der Tür. Wenn er ausging, vergaß er nie, abzuschließen. Um diese Zeit bekam er einen Anruf von seinem Vater. Er könne ihm kein Geld mehr schicken. Hast du eine Arbeit gefunden, was hast du gemacht, komm sofort wieder nach Hause ... Er sagte seinem Vater nur, *das macht nichts, das macht nichts*, und legte auf. Einige Tage später fing er an, auf einer Baustelle zu arbeiten.

Dort entdeckte er, womit er die vierte Wand füllen konnte. Die Schlagfertigkeit der Bauarbeiter erschien ihm geradezu sensationell. Seine Ohren waren so lange verschlossen gewesen, dass er für die Geräusche der Welt hochempfänglich war. Wenn die Bauarbeiter in einem Blecheimer Feuer machten, darüber Bauchspeck grillten und »Fremdes Fleisch schmeckt halt am besten« oder »Machen wir die Freundchen mal heiß« sagten, war er begeistert. Er merkte sich, was die Arbeiter von sich gaben, und notierte es später auf seine Post-its. Auch die Unterhaltungen der Mittelschüler hinten im Bus, die Obszönitäten, die die Marktfrauen austauschten, und das Geraunze der alten Männer im Park ließ er nicht aus. Er war erstaunt ob der Vitalität, die die Wörter ausstrahlten, und bekam das Bedürfnis, die mit Fragmenten bestückte dritte

Wand wieder freizumachen. Aber er blieb hart. Nach und nach bedeckte er die vierte Wand. Die Steckdosen, die Tür und das Fenster ausgenommen, waren alle Wände mit Post-its bedeckt.

Er fasste den Entschluss, sich an einer Art *Roman* zu versuchen. Dazu wählte er die Decke. Er wollte die Holzliege, auf der die Gewichtheberhantel lag, hereintragen und sich daraufstellen, um die Post-its an die Decke zu kleben.

Zuvor erledigte er aber noch etwas: Er veränderte die Anordnung der Post-its an den Wänden. Er nahm von jeder Wand jeweils ein Post-it ab und legte sie nebeneinander vor sich hin. Die sauber mit 60 x 80 mm großen Post-its beklebten Wände wirkten wie riesige Schachbretter. Man hätte sie auch für eine Grafik mit einer Zeitachse X und einer Raumachse Y halten können, für einen Friedhof oder eine Stadt, ein Labyrinth oder einen Urwald. Die Wände trafen sich an den Ecken, um sich dann wieder zu trennen, sie teilten die Linien und stützten sich gegenseitig.

Er fing an, die Decke mit Post-its zu bekleben. Sein Roman begann mit einer Figur von äußerst träumerischem Charakter. Er entwarf die Situation, in der sich die Figur befand, und notierte anschließend, auf ein paar Post-its verteilt, den Anfang des Romans.

Wenn es denn so ist, warum sind er und ich nur so verschwenderisch? Und warum erträgst du immer noch diese Verschwendung? Er machte seinen trockenen Mund auf und sprach. Dass es aufgrund der Hoffnung sein müsse. Da er lange Zeit den Mund nicht aufgemacht hatte, hatte seine Hoffnung Mundgeruch. Das war nur natürlich.

Immer wenn er auf die Holzliege stieg, klebte er nur ein Post-it. Diesmal hatte er viel mehr Notizblätter zu zerknüllen als beim Füllen der Wände, und es gab auch viel mehr, die er wieder abriss. Er musste sich beim Schreiben zurücknehmen. Manchmal schrieb es sich nach Plan, manchmal liefen Figur und Geschehen aus eigener Kraft ein ganzes Stück voraus. Er war überzeugt, es würde ein guter Roman werden. Er war fröhlich, als machte ihn das Schreiben eines guten Romans automatisch zu einem guten Menschen. Er war wie besessen. Er änderte die Anordnung der Notizzettel. Außer wenn er aß oder schlief, konzentrierte er sich ausschließlich auf diese eine Sache. Der Roman stand kurz vor der Vollendung.

Einige Monate darauf atmete er, als er von der Holzliege stieg, tief aus. Er warf den Kopf in den Nacken und sah zur Decke. Die Post-its dort befanden sich alle an der ihnen zugedachten Stelle, nur an einer, gerade groß genug für ein letztes Blatt, zeigte sich die Tapete. Er blickte auf den bisherigen Prozess zurück. Wie er eines Tages sämtliche Post-its abgerissen hatte, wie er ein paar Monate lang kein einziges Blatt hatte kleben können, wie er immerzu in Unruhe gewesen war, ob die Post-its, die er geklebt hatte, auch wirklich *seine* waren, wie er mit sich gerungen hatte, weil die Bilder in seinem Kopf sich nicht zu Sätzen formen ließen, wie er lieber alles weggeworfen hätte, als es auszubessern, wie er sich Post-its von besserer Qualität und ein geräumigeres Zimmer gewünscht hatte, wie er einmal auf der Holzliege aus dem Gleichgewicht gekommen und hingefallen war … Innerlich zerrissen betrachtete er die letzte leere Stelle. Er nahm sich vor, das letzte Post-it am nächsten Abend anzubringen. Er hatte sich den letzten Satz noch nicht ausgedacht, außerdem musste das wie ein Ritual vollzogen werden. Er stieg von der Liege und sah sich im Zimmer um. Da die Post-its nur an den schmalen Haftstellen klebten, standen sie alle an einer Seite leicht ab. Er fand, dass die Notizblätter wie eine riesige Efeuranke aussahen, wie Kiefernrinde, wie die Schuppen eines Fisches. Das Zimmer kam ihm vor wie ein dicht mit Schuppen bedecktes Lebewesen, das schuppenlose Fenster und die Tür wie dessen Organe. Er riss das Fenster, das er den Winter über geschlossen gehalten hatte, weit auf. Als hätte er nur auf diesen Moment gewartet, strömte sofort kalter Wind ins Zimmer. Er drang durch das Fenster herein und zog durch die Tür wieder hinaus. Bei jedem Windzug schwollen die Wände langsam an, um sich dann allmählich wieder auf sich zurückzuziehen. Die Notizblätter an den Wänden erzitterten. Das Zimmer wirkte dadurch noch lebendiger. Er stellte sich vor, wie es zu einem Fisch mit Papierschuppen wurde und mit weichen Bewegungen die Welt durchschwamm. Ihm war, als befände er sich dicht an der Schwanzflosse, dann wieder, als wäre er im Bauch. Er konnte Innen und Außen nicht unterscheiden. Er sah, wie sein Körper schaukelte, obwohl er doch stillhielt. Alles war sehr lebendig. Von irgendwoher vernahm er ein Rieseln. Erschreckt sah er sich um. Wieder hörte er das Rieseln. Auf dem Boden entdeckte er hier und da Sand. Er fuhr mit der Hand darüber. Es war echter Meeressand. Ungläubig zwinkerte er mit den Augen. Zwischen den Tausenden von Schuppen rieselte Sand herab. Das langsame, weiche Flattern der Schuppen ließ seine Haare schweben. Er schloss die Augen, atmete tief ein und aus und murmelte: »Das ist real.« Sobald das allerletzte Post-it angebracht wäre, würde ihn der Fisch auf seinen kräftigen Rücken nehmen und mit ihm davonschwimmen. Wenig später fiel er um. In der Nacht schlief er mit den Armen nur auf Kopfhöhe und sah im Traum den Papierfisch mit seinen großen Augen zwinkern.

Am nächsten Morgen sah er sich, bevor er zur Baustelle ging, noch einmal im Zimmer um. Die Post-its hielten brav die Augen niedergeschlagen. Beim Weggehen verriegelte er sorgsam die Tür. Sobald er zurückkäme, würde er den letzten, den allerletzten Satz schreiben, dann die Decke noch einmal durchlesen, von Anfang bis Ende. Und danach das Ganze an die Öffentlichkeit bringen.

Als er nach Hause kam, herrschte eine unheilvolle Stimmung. Auf dem Dach des Hauses liefen Bauarbeiter geschäftig hin und her, unten hatten sich Schaulustige versammelt und unterhielten sich. Er ließ seinen Blick über das Chaos schweifen, lief dann ungläubig die Treppe hoch. Oben angekommen erblickte er das in sich zusammengefallene Zimmer. Er spürte, wie er am ganzen Körper erstarrte. Wie er so regungslos dastand und auf die Ruine starrte, sah ihn die alte Frau und kam auf ihn zu. Wutentbrannt schrie sie ihn an: »Wenn die Wände Risse bekommen, müssen Sie das doch sagen, junger Mann! Sie können das doch nicht einfach ignorieren. Hier geht es doch nicht nur um Geld, es hätte jemand zu Schaden kommen können!«

Er fühlte sich wie betäubt. Risse?

»Die sagen, es grenzt an ein Wunder, dass sie so lange gehalten haben. Man ist empört, dass Sie nichts unternommen haben. Dabei waren die Wände wie ein ausgetrocknetes Feld von Rissen nur so durchzogen.«

Er stand nur wie angewurzelt da und starrte finster auf die Stelle, wo sein Zimmer gewesen war. Im Zementschutt, er hatte ja kaum Haushaltsgegenstände besessen, lagen nur Ziegelsteine und gelbe Post-it-Blätter. Die Arbeiter füllten den Schutt eilig in Säcke und trugen sie hinunter. Die überall hervorlugenden Post-its kamen ihm entsetzlich und schändlich vor, ihm war, als blickte er auf die Eingeweide eines Tieres. Ihm wurde klar, dass die Notizblätter die Risse, die sich nach und nach an den Wänden gebildet hatten, verdeckt hatten. Er sackte an Ort und Stelle zusammen. Die alte Frau neben ihm redete weiter auf ihn ein, doch kein Wort drang zu ihm durch; seine Augen brannten, vielleicht vom Staub.

Er wusste nicht, wie lange er so verharrt hatte. Es war dunkel um ihn herum und, im Vergleich zu dem Trubel vor einigen Stunden, ruhig. Er erinnerte sich, dass die alte Frau mehrmals besorgt zu ihm aufs Dach gekommen war. Doch er hatte sie mit den Worten, er wolle nur kurz so verweilen, wieder fortgeschickt. So leicht, wie das Zimmer in sich zusammengefallen war, so leicht war es auch entfernt worden. Allein saß er an dem noch nicht ganz geräumten Platz, regungslos, und ließ mehrere Stunden verstreichen.

Als er sich wieder gesammelt hatte, war niemand mehr da. Mit Mühe steckte er sich eine Zigarette an und blickte auf die Ruine. Der mit Zementbrocken vermengte Post-it-Haufen sah aus wie zerknülltes Papier. Er sah aus wie die *Weinende*

Frau von Picasso. Gleich darauf verwandelte sich deren Gesicht in das der chinesischen Gewichtheberin. Er vergrub seines, das ebenso verzerrt war, in beiden Händen. In dem Augenblick kam von irgendwoher, wie ein Ginkgoblatt, ein gelbes Post-it angeflogen und landete zu seinen Füßen. Er tappte mit dem Schuh darauf, beugte sich vor und hob es auf. Mit zitternden Händen strich er das zerknitterte Post-it glatt. Es war eine Stelle aus seinem Roman.

Er machte seinen trockenen Mund auf und sprach. Dass es aufgrund der Hoffnung sein müsse.

Eine Weile musste er heftig schluchzen.

Nach einiger Zeit wischte er mit dem Ärmel den Zementstaub von dem Post-it. Dann heftete er es hinter sich an das niedrige Geländer, an dem er gesessen hatte. Es fiel gleich wieder ab. Er hob es auf, klopfte den Staub ab und heftete es abermals ans Geländer. Wieder fiel es ab. Er drückte seinen Daumen auf das Post-it und betrachtete das Blatt, wie es im Wind erzitterte. Es atmete kurz, wie durch Fischkiemen, aber dennoch kräftig.

Niemand klopft an die Tür

In dieser Wohnung leben fünf Frauen, die sich noch nie gesehen haben. Studentinnen sind dabei und auch Berufstätige. Das vermute ich jedenfalls, sicher bin ich mir nicht. Wahrscheinlich sind sie alle Anfang zwanzig. Und wenn ich auch nicht weiß, welcher Beschäftigung sie nachgehen und wie sie aussehen, eins ist sicher – dies hier ist keine familiäre Wohngemeinschaft.

Die fünf Frauen teilen sich ein Badezimmer. Manchmal muss ich feststellen, dass eine der noch nie Gesehenen die Toilettenspülung nicht betätigt hat. Oder ich sehe ihre Wäsche und rieche ihr Essen.

Ist eine der fünf Frauen im Bad, warten die anderen vier, bis sie wieder in ihrem Zimmer ist und die Tür hinter sich geschlossen hat. Bevor sie nicht hören, wie die Tür ins Schloss fällt, macht keine der anderen ihre Tür auf. Wie abgesprochen orientieren sich alle an diesem Geräusch; wenn sie einmal den rechten Zeitpunkt verpassen und einen Blick auf jemanden erhaschen, schrecken sie zusammen und machen ihre Tür sofort wieder zu. Was man in solchen Augenblicken voneinander zu sehen bekommt, ist ein Drittel oder allenfalls die Hälfte eines Gesichts, also etwas Bruchstückhaftes.

Natürlich fällt auch ganz Gesichtsloses vor. Die eine zum Beispiel hat gestern geweint; wenn eine bestimmte andere die Waschmaschine benutzt, bleibt immer eine Socke übrig; eine bestimmte wieder andere bekommt dauernd Männerbesuch.

Einmal stank es im Flur drei Tage lang nach Alkohol. Ein Mann trat die ganze Nacht gegen die Tür, und die Frau, die das Zimmer am Ende des Flurs bewohnt, heulte. Die anderen Frauen ließen den Lärm entweder geduldig über sich ergehen oder machten sich nichts daraus. Anscheinend hatte die Frau zu viel getrunken, sie musste ständig aufs Klo. Der säuerliche Geruch von Erbrochenem drang bis in mein Zimmer, und der Mann rief immer wieder den Namen der Frau. Irgendwann, als es in der Wohnung ruhig geworden war, sah ich auf dem Weg ins Bad an ihrer Tür eine Plastiktüte mit Erbrochenem, und mir fiel wieder ihr Name ein, den der Mann geschrien hatte.

Am nächsten Morgen kam die Vermieterin, die über uns wohnt, nach unten. Sie stand am Eingang und brüllte zu uns hinein. Wer von uns das gewesen sei. Sie duzte uns. Ich igelte mich fester in meine Decke ein. Die Vermieterin hatte die Angewohnheit, an jeden Satz ein *Oder was* anzuhängen: *Findet ihr das etwa in Ordnung, oder was?* Über zehn Minuten schimpfte sie auf dem Flur herum, bevor sie wieder nach oben ging. Hinter den fünf fest verschlossenen Türen herrschte Grabesstille.

Wie lange die anderen schon hier wohnen, weiß ich nicht. Ich bin vor drei Monaten eingezogen. Ich ließ mein Studium vorübergehend Studium sein und fing an, für zweitausendfünfhundert Won die Stunde in einem Convenience Store zu jobben. Beim Einzug hatte ich vor, eine Art WG-Treffen zu organisieren, um mich den anderen vorzustellen und um gemeinsame Fragen zu besprechen. Doch die WG schien auch so zu funktionieren, und da es den anderen, dachte ich, missfallen könnte, wenn eine neu Hinzugezogene sich in den Vordergrund drängt, gab ich meinen Plan auf.

Das Haus befindet sich in einer Wohnsiedlung unweit der Universität. Es besteht aus Souterrain, Hochparterre und Obergeschoss. Von Keller, Erdgeschoss und erstem Stock kann man bei der Bauweise nicht sprechen. Als ich zur Wohnungsbesichtigung kam, erschien mir das Haus wie ein großes, verkrüppeltes Tier. Im Hochparterre und im Souterrain wohnen die Mieter, im Obergeschoss nur die Vermieterin. Die Vermieterin, Ende 50, ist aufgedunsen und hat sich künstliche Lidfalten machen lassen. Als ich sie wegen des Zimmers in ihrer Wohnung besuchte, setzte sie mir guten Yuja-Tee vor und prahlte mit ihrem Sohn, der bereits an der Universität lehre. Im Vergleich zu ihrem stumpfen Aussehen spricht sie schnell und in einem hohen Ton. Manchmal kann ich nicht verstehen, was sie sagt.

Die Wohnung, in der ich wohne, hat von oben betrachtet die Form eines spiegelverkehrten L, wobei drei Zimmer und das Bad auf der langen, ein Zimmer in der Ecke und das letzte auf der kurzen Seite liegen. Ich bin in das, vom Eingang aus gesehen, erste Zimmer gezogen, das Zimmer gegenüber vom Bad. Die Vermieterin nennt mich die Mieterin von Zimmer Eins.

In den drei Monaten seit meinem Einzug bin ich noch keiner von meinen Mitbewohnerinnen über den Weg gelaufen. Anfangs dachte ich, das liege daran, dass die meisten von ihnen morgens das Haus verlassen, während mein Job erst am Nachmittag beginnt. Doch es dauerte nicht lange, bis ich dahinter kam, dass *keine* der Frauen hier schon einmal eine andere zu Gesicht bekommen hatte. Manchmal sehe ich die weiten Baumwollunterhosen, die die stämmige Mitbewohnerin vom Zimmer schräg gegenüber aufgehängt hat, oder die an der Tür hängende Mülltüte der direkt neben mir wohnenden Frau, die morgens um sieben Uhr aufsteht und zur Arbeit geht, und nach Mitternacht sehe ich die Hausschlappen vor den Türen. Ein paar Tage nach meinem Einzug stellte ich fest, dass die Frau vom Zimmer in der Ecke Schlappen mit reflektierenden Streifen trägt. Die Frau von Zimmer Drei scheint übertrieben oft ihre Bettdecke zu waschen, und die von Zimmer Fünf hat den Hang, dauernd ihre Sachen in der Waschmaschine zu vergessen.

Mitten auf dem langen Teil des schmalen Flurs steht ein Wäscheständer, den wir alle zusammen benutzen. Der Wäscheständer steht vor Zimmer Zwei, sodass die beiden Frauen von den hinteren Zimmern, Vier und Fünf, im Krebsgang daran vorbeimüssen, wenn sie ins Bad wollen, das gegenüber von meinem Zimmer liegt. Auf die gleiche Weise muss ich am Wäscheständer vorbei, wenn ich zum Hauswirtschaftsraum neben Zimmer Fünf will. Unsere Wäsche hängen wir abwechselnd auf. Obwohl wir, was die Benutzung des Wäscheständers angeht, keine besonderen Vereinbarungen getroffen haben, geht es relativ reibungslos und fair zu. Das ist wahrscheinlich darauf zurückzuführen, dass wir in unseren Zimmern mit angehaltenem Atem auf die Waschmaschine und das Ausschütteln von Wäschestücken horchen oder, wenn wir über den Flur laufen, den Wäscheständer inspizieren und dann behutsam zu Werke gehen. Wenn es an den Wochenenden einmal vorkommt, dass zu ähnlichen Zeiten gewaschen wird und der Wäscheständer voll ist, müssen wir die Wäsche im eigenen Zimmer aufhängen. Das ist natürlich umständlich und verursacht ziemliches Durcheinander.

Einmal kam ich so lange nicht an die Reihe, dass ich nichts mehr anzuziehen hatte. Ich sah immer wieder nach, aber irgendeine dachte scheinbar nicht daran, ihre Wäsche wieder vom Ständer zu nehmen. Ich überlegte zuerst, ob ich noch etwas länger warten sollte, beschloss dann aber, aus dem Bad den roten Wäschekorb zu holen und die Wäsche der anderen zusammengefaltet dort hineinzulegen. Die vier Paar Hausschuhe standen unordentlich im Eingang herum, ich war allein in der Wohnung. Die Kleidungsstücke auf dem Wäscheständer waren zumeist einfache Sachen von der Stange. In Übergröße. Möglicherweise gehörten sie der dicken Frau von schräg gegenüber. Einer Büroarbeit ging die offenbar nicht nach, denn es handelte sich ausschließlich um bequemes Zeug. Müde hingen die übergroßen fusseligen Kleidungsstücke vom Wäscheständer herab, die abgetragenen Unterhosen hatten alle gelbe Flecken. *Die hat bestimmt keinen Freund*, schoss es mir durch den Kopf. Bis auf ein frischgewaschenes Korsett, das am Ende des Ständers tropfte, war alles knochentrocken. Ich legte die Wäsche, das Korsett ausgenommen, ordentlich zusammen und stellte den Korb vor die Tür von Zimmer Zwei. Vielleicht freut sie sich, dachte ich, wenn sie von der Arbeit kommt und die ordentlich zusammengelegte Wäsche sieht.

Am Abend entdeckte ich auf dem Boden des geleerten Wäschekorbs ein Post-it:

Rühren Sie meine Sachen nicht an.

Soviel ich weiß, bin ich die einzige Raucherin im Haus. In den ersten Wochen unterdrückte ich aus Furcht und auch aus Rücksicht meinen Drang nach einer Zigarette. Doch irgendwann fing ich an, in meinem Zimmer oder im Bad zu rauchen. Meistens stehe ich dann auf Zehenspitzen am Fenster und ziehe nervös an der Zigarette. Ich mache mir Sorgen, dass die Vermieterin, wenn sie herunterkommt, den Rauch sehen könnte. Ich drücke dann die nicht einmal zur Hälfte gerauchte Zigarette aus, öffne das Fenster, versprühe Duftspray über dem Boden und warte ein bisschen. Nach einer gewissen Zeit verlasse ich das Bad, ich kann ja nicht ewig drinbleiben. Kurz darauf höre ich, wie eine hineinstürzt, als hätte sie mit Bauchkrämpfen an der Tür nur darauf gewartet, dass ich endlich herauskomme. Dieses Geräusch, diese Geschwindigkeit stören mich.

Als ich eines Abends ins Bad ging, um zu duschen, klebte an der Badezimmertür ein neues Post-it:

Die Person, die im Zimmer Feuer macht, möge bitte vorsichtig sein. Zum Wohle aller.

Ich fühlte mich beschämt. Dieser irgendwie sachliche, unbeholfene Ton. Ich stellte mir ihre Halb- bzw. Drittelgesichter vor, die blitzschnell hinter der Tür verschwinden. Schrumpfte ihr anderes, von der Tür verdecktes Auge etwa zusammen, versank es im unendlich tiefen Fleisch? Hatten diese Frauen womöglich auf der nicht zu sehenden Gesichtshälfte Brandwunden? Wohnten hier vier Frauen mit halbverbrannten Gesichtern? Und nur ich wusste es nicht? Oder wussten auch die anderen nichts voneinander? Hatte es hier vielleicht einmal gebrannt und sie … oder so ähnlich?

Nein, ich bin sicher, dass es hier noch nie gebrannt hat. Und bestimmt ist eine der vier anderen sogar recht hübsch, denke ich mir. Ein angenehmer Gedanke.

Das Bad ist circa vier Quadratmeter groß, es gibt keine Badewanne und auch kein Waschbecken, nur einen Duschschlauch und eine Toilette. An der Wand sind zwei Regalbretter angebracht. Darauf stehen fünf Badkörbchen mit fünf Seifen, fünf Zahnbürsten und fünf Handtüchern. Zahnpasta wird anscheinend nicht im Bad gelassen, vielleicht hat eine der Frauen sie einmal im Bad aufbewahrt, um nach einer Woche zu bemerken, dass die Tube ganz dünn geworden war, was wiederum womöglich zu einer peinlichen Situation geführt hat. Die fünf scheinen nämlich nach dem Motto zu handeln: Wenn ich etwas nicht habe, benutze ich das von jemand anderem, aber auch wenn ich es habe, benutze ich das von jemand anderem.

Die Toilette hat eine Spülung mit Wassersparfunktion, davor steht ein Treteimer für den Abfall. Die Entsorgung des Abfalls und das Badputzen erledigt einmal die Woche die Vermieterin. Das Bad ist zwar relativ sauber, aber der Treteimer quillt immer über. Obwohl die Mülltüte nach vier Tagen voll ist, lässt die Vermieterin sie sieben Tage stehen. Da ich es hasse, wenn die Binden aus dem Abfalleimer herausragen, habe ich mir angewöhnt, fest in den Eimer zu treten, sobald ich mein Geschäft verrichtet habe.

Als ich hier einzog, fand ich es überaus unangenehm, die

nassen Badezimmerschlappen anziehen zu müssen. Daher lehnte ich die Schlappen nach jeder Benutzung schräg an die Türschwelle. Seitdem machen es die anderen auch so, zwei oder drei von ihnen jedenfalls. Irgendwann habe ich mir Vorurteile zugelegt über die, die es wie ich machen, und über die, die es nicht so machen. Obwohl ich die Frauen noch nie gesehen habe, halte ich meine Vorurteile für verständlich. Diejenige, die nach dem Waschen ihre Haare entfernt, tut es immer, und diejenige, die es nicht tut, nie. Diejenige, die sich, wenn andere zur Arbeit müssen, eine ganze Stunde im Bad aufhält, scheint immer dieselbe zu sein, und diejenige, die sich nach dem Duschen auf die Toilette setzt, ohne sich vorher abzutrocknen, auch. Diese Unterscheidungen traf ich allein aufgrund der Schlappen.

Natürlich waren es nie dieselben. Wahrscheinlich liegt es einfach an den *Gewohnheiten* der mehr als zwanzig Jahre lang anders sozialisierten Frauen, dass sich trotz der zu beachtenden Hinweise, die die Vermieterin in fehlerhafter Rechtschreibung im Badezimmer an die Wand gehängt hat, diese Dinge wiederholen. Das, was die Bewohnerin von Zimmer Eins in Ordnung findet, kann für die Frau von Zimmer Drei unter Umständen unerträglich sein, und das, was die Frau von Zimmer Vier nicht versteht, ist für die von Zimmer Zwei vielleicht eine Lappalie. Da ich, bevor ich hier einzog, immer nur allein gelebt habe, hat es über einen Monat gedauert, das zu verstehen.

Allerdings sind Verstehen und Akzeptieren zwei verschiedene Paar Schuh. Manchmal werde ich furchtbar wütend. Der Lärm, den die Frau von Zimmer Vier jede Nacht veranstaltet, als wäre sie auf einer Party. Der Egoismus der Frau von Zimmer Drei, die jedes Mal, wenn ich die Boiler-Temperatur herunterdrehe, sie geradezu streitsüchtig wieder hochdreht. Die Faulheit der Frau von Zimmer Zwei, die es zwar nicht mag, wenn andere für sie die Wäsche abnehmen, es selber aber auch nicht tut. Die Rücksichtslosigkeit der Frau von Zimmer Fünf, die mich mit ihrem Türengeknalle immer erschreckt. Die Frauen Eins, Zwei, Drei, Vier und Fünf, von denen sich dennoch keine beschwert oder rechtfertigt, obwohl alle mit wachsamen Blick und gespitzten Ohren alles wahrnehmen. Wir wohnen so dicht beieinander, dass wir Lichtjahre voneinander entfernt sind.

In der näheren Umgebung gibt es viele Wohngemeinschaften wie die unsere, und es werden immer mehr. Neulich erst begann man hinter unserem Haus mit dem Bau eines dreistöckigen Gebäudes. Jeden Morgen musste ich mir wegen des Lärms mit dem Kopfkissen die Ohren zuhalten. Jeden Morgen stritt unsere Vermieterin mit den Bauarbeitern. Zuerst sagte sie: »Was fällt Ihnen ein, meine Mädchen können ja nicht mal am Wochenende ruhig ausschlafen!« Dann ging sie über zu: »Der Zement fließt bis zu uns und verkrustet den Abguss!« Schließlich fragte sie: »Wer ist hier eigentlich der Bauherr?« Und zuletzt: »Auch ich muss mich um mein Hab und Gut kümmern!« Dann kam sie stante pede zu uns und kreischte angesichts der Mülltüten im Flur: »Ist das hier etwa eine Müllhalde, oder was?« Und noch bevor die fünf Bewohnerinnen, jede für sich, dem Drang nachgeben konnten, zu antworten: *Wenn man den Müll im Zimmer lässt, stinkt es aber*, fuhr die Vermieterin bereits fort: »Ihr könnt doch nicht tagsüber das Licht anlassen!« Als den fünfen dann auf der Zunge lag: *Wenn man das Licht nicht anmacht, ist es hier auch tagsüber dunkel*, schimpfte die Vermieterin schon weiter: »Wer hat den Boiler auf Warmwasser gelassen?« Regungslos lag ich unter meiner Decke und murmelte: »Ich war das nicht …« Die Vermieterin, dieselbe, die mir bei der Besichtigung der Wohnung Yuja-Tee vorgesetzt und mit ihrem Sohn geprahlt hatte, stand im menschenleeren Flur und wollte gar nicht aufhören, zu zetern. Ein paar Minuten, nachdem sie endlich verschwunden war, hörte ich, wie jemand im Bad die Toilettenspülung betätigte.

Ich räume in der Wohngemeinschaft die Schuhe auf. Um die gemeinschaftlichen Räume dieser pensionsähnlichen Wohngemeinschaft kümmert sich die Vermieterin. Aber die Schuhe kann sie nicht auch noch aufräumen, das wäre auch merkwürdig. Ich räume die Schuhe hier aus freien Stücken auf.

Mich nervte, wenn der Eingang voller Schuhe war. Dabei war es nicht so sehr die Unordnung, die mich störte. Es machte mich vielmehr wütend, dass abends alle fünf Zimmer bewohnt waren. Obwohl jede Frau ihr eigenes Zimmer hatte und sich nur dort aufhielt, fühlte ich mich beengt. Nachmittags und an den Wochenenden waren meistens nur zwei im Haus. Dann hielt ich in Ruhe ein Schläfchen oder hörte Musik. Auch im Bad und beim Wäscheaufhängen fühlte ich mich dann wohler. Doch nachts sah die Situation anders aus. Morgens gingen zwar alle fort, doch abends kamen sie wieder heim. Und mit ihren Besitzerinnen dann auch die Schuhe.

Es waren Schuhe verschiedenster Art. Klobige und elegante, gewöhnliche und zum Teil sehr sinnliche. Auch die Größen sind verschieden, geradezu riesige Turnschuhe sind dabei. Die gehören bestimmt der Frau von Zimmer Zwei. Ich räume die Schuhe in den Schuhschrank. Sie verschwinden darin, der Eingang ist schön leer, und ich fühle mich seltsam erleichtert.

Eines Tages hing am Eingang das dritte Post-it.

Beim Verlassen der Wohnung die Tür abschließen. Jemandem sind Schuhe gestohlen worden.

Ich nahm an, dass diejenige, die das Post-it angebracht hatte, die Besitzerin der entwendeten Schuhe war. Schuhe verschwunden. Möglicherweise verdächtigt sie sogar ihre Mitbewohnerinnen. War das Post-it, wenn dem so sein sollte, dann als ein höfliches Aufbegehren gegen die anderen vier Frauen zu verstehen?

Für die Besitzerin der Schuhe ist es natürlich ein Jammer, aber ich finde, dieser Diebstahl hat unsere Wohngemeinschaft irgendwie zusammenrücken lassen. Erst wenn bei uns Dinge vorkommen, die auch in anderen Wohngemeinschaften geschehen, werden wir uns weniger voreinander fürchten. Ich betrachtete die Sohlen von Turnschuhen, die nicht mir gehörten, und machte den Schuhschrank auf.

Es regnet in Strömen. Von nebenan ist ab und zu die Stimme eines Reporters zu hören, der etwas über Dürre und willkommenen Regen sagt. Es sind die 21-Uhr-Nachrichten. Die Frau schaut allerdings nicht regelmäßig die Nachrichten, glaube ich. Jemand geht ins Bad. Geräusche. Gleich darauf wird die Badezimmertür abgeschlossen. Das Aluminiumschloss schnappt leise ein. Jemand kommt die Treppe zur Wohnung herauf. Geräusche. Der Schlüssel wird aus der Tasche gekramt. Die Wohnungstür geht auf. Die Frau von schräg gegenüber hört Musik. Bestimmt liegt sie wie ich bäuchlings auf dem Boden. Im Hauswirtschaftsraum am anderen Ende des Flurs höre ich die Waschmaschine laufen. Die Waschmaschine läuft oft nachts. Überhaupt ist in dieser Wohnung des Nachts mehr Leben als am Tag. Eigentlich ist die Benutzung der Waschmaschine nachts nicht erlaubt. An der Tür des Hauswirtschaftraums hängt eine entsprechende Notiz, die wir alle gelesen haben und die wahrscheinlich von der Frau stammt, die im angrenzenden Zimmer wohnt.

Nach zweiundzwanzig Uhr die Waschmaschine nicht in Betrieb nehmen.

Mein Zimmer ist etwa zehn Quadratmeter groß. Es enthält eine rosafarbene Kommode mit drei Schubladen, einen Minikühlschrank von *Gold Star*, der an der rechten Kante abgenutzt ist, eine elfenbeinfarbene Bettmatte mit einem schwärzlichen Fleck von Menstruationsblut und eine Decke mit Rosenmuster. Aus einer der drei Schubladen lugen immer Socken oder T-Shirts heraus, sodass die Kommode klemmt und sich nicht ganz schließen lässt; im Regal neben dem Kühlschrank stecken nur ein paar CDs und wenige Bücher. CDs von Taeji Seo, Hyuncheol Kim, Seungwhan Lee, von Nirwana, den Beatles und dergleichen. In der Mehrfachsteckdose neben der Tür steckt das Handyladegerät. Es leuchtet immer gelb zum Zeichen, dass es aufgeladen ist. Der Boden hat hier und da Brandflecken von Zigaretten. Die Zimmer der anderen Frauen habe ich noch nie gesehen, aber vor allen liegen Mülltüten, Türschildern gleich oder auch Wache haltenden Hunden.

Eines Tages zog eine Frau aus. Kurz darauf zog eine andere ein. Der Umzug war im Nu erledigt. Dass umgezogen wurde, schloss ich nur aus dem, was ich vom Flur her hörte. Die Bewohnerinnen wechseln hier vielleicht viel öfter, als ich denke. Manchmal türmt sich vor der Haustür Post, die selbst nach Tagen niemand mitnimmt. Auf diese Weise häufen sich die Namen unzähliger Vormieterinnen, werden vom Regen aufgeweicht, gehen verloren oder werden weggeworfen. Außerdem Werbezettel für Schweinshaxen, Pizzadienste und einen chinesischen Imbiss, die außer der Vermieterin niemand mitnimmt. Vielleicht bestellt sich eine der Frauen Essen von außerhalb. Es kommt selten vor, dass hier, wo es keine Küche gibt, jemand etwas kocht.

Eines Nachmittags zu der Zeit, wo alle außer Haus sind, herrschte draußen Lärm. Ich unterdrückte den Drang, aufs Klo zu gehen, und spitzte die Ohren. Es waren eine alte Frau, eine junge und ein Mann mittleren Alters.

»Mensch Mädchen, warum haben Sie den Schlüssel denn im Zimmer liegenlassen? Einen Ersatzschlüssel habe ich nicht ...«

Die alte Frau. Das war die Vermieterin von oben. Ihre Stimme klang liebenswürdig, aber auch irgendwie gereizt.

»...«

Die junge Frau. Das war vermutlich die Frau von Zimmer Vier. Sie war sicher sehr verlegen.

Klack.

»So, fertig.«

Der Mann mittleren Alters. Der musste vom Schlüsseldienst sein.

»Das macht dann zehntausend Won«, sagte der Mann. Geraschel, dann gingen der Mann und die alte Frau hinaus. Als ich sicher war, dass sie weg waren, schlich ich mich aus dem Zimmer, um ins Bad zu gehen. Dabei erhaschte ich einen Blick auf die Frau von Zimmer Vier, die gerade im Begriff war, wieder in ihrem Zimmer zu verschwinden. Es war wirklich nur ein kurzer Blick. Sie war durchschnittlich groß und trug, glaube ich, etwas in Hellblau. Das Zimmer schien sie förmlich einzusaugen. *Irgendwie habe ich das Gefühl, dass die Frau sehr schlank ist.* Den Blick auf die Tür von Zimmer Vier gerichtet, öffnete ich die Badezimmertür. Augenblicklich hatte ich einen abstoßenden Geruch in der Nase. Ich wich einen Schritt zurück und wandte den Kopf ab. Wahrscheinlich hatte die stämmige Frau, die von uns die größten Füße hat, heute Morgen als letzte das Bad benutzt. Ich kannte diesen Geruch. Immer wenn die Tür schräg gegenüber auf und wieder zugegangen war, roch es so. Ich ließ meinen Blick über die verschiedenen Gesichtswasser und Shampoos gleiten und schimpfte dabei über die stämmige Frau. Dann griff ich nach dem erstbesten fremden Shampoo und wusch mir die Haare. Als ich aus dem Bad kam, fiel mir die Notiz am Hauswirtschaftsraum ein, also beeilte ich mich mit der Wäsche. Ich hatte viel Wäsche. Eilig hängte ich die nassen Sachen auf und ging zur Arbeit.

Von meinen Freunden weiß niemand, wo ich derzeit wohne. Nach dem vorläufigen Abbruch meines Studiums bin ich ein paar Haltestellen weiter weg von der Uni gezogen, und die

Arbeit im Convenience Store ist anstrengender als gedacht, sodass ich keine Zeit habe, mich mit jemandem zu treffen oder jemanden zu mir einzuladen. Wenn ich ehrlich bin, habe ich auch keine Lust dazu. Das Zimmer habe ich mir selbst ausgesucht, und meine Eltern überweisen mir jeden Monat zweihunderttausend Won.

Wenn ich mit der Uni fertig bin und es mir finanziell besser geht, kann ich bestimmt irgendwo etwas Besseres mieten. Ich wohne hier sozusagen nur, um von hier wegzukommen. Ich bin überzeugt davon, dass sich die Frauen von Zimmer Zwei oder Drei, die jeden Tag zur Arbeit gehen, in diesem Punkt nicht von mir unterscheiden.

Es war nach ein Uhr nachts, als ich vom Convenience Store nach Hause kam. Als ich die Wohnungstür aufschloss, blickte ich als Erstes zu Boden. Ich war überrascht, es lagen keine Schuhe herum. Im Flur sah ich die Hausschuhe alle ordentlich vor den Zimmern. Alle waren also da. Irgendjemand musste die Schuhe aufgeräumt haben. Schlechtes Gewissen vielleicht? Verwundert schloss ich mein Zimmer auf. Irgendwie klackte das Schloss heute besonders laut. Womöglich wurden die anderen davon wach. Wie immer wischte ich mir mit einem Tuch das Make-up ab und ging dann ins Bad, um mir das Gesicht zu waschen. Mit einer Pinzette entfernte ich die Haare der vier Frauen, die wie eingerollte Schlangen im Abfluss lagen, und warf sie in den Abfalleimer. Auch das zählte zu den Dingen, die ich ständig auf mich nahm, die anderen Frauen wahrscheinlich auch. Wieder aus dem Bad, nahm ich die Wäsche ab, die ich am Tag aufgehängt hatte. Im Zimmer legte ich sie zusammen und verstaute sie in der Kommode. Irgendwie hatte ich ein komisches Gefühl. Langsam sah ich die Wäsche durch. Ein Teil der Unterwäsche fehlte. Mir schoss das Blut ins Gesicht. Gab es hier etwa einen Perversen, so einen wie diese Exhibitionisten, die uns früher vor der Schule auflauerten? Und war dieser wie zuvor, als die Schuhe verschwanden, heimlich in die Wohnung eingedrungen? Mich überkamen Scham und Empörung. Wer war das? Es war auch recht teure Unterwäsche dabei, wenn ich es mir recht überlegte. Doch ich beschloss, die Sache erst einmal auf sich beruhen zu lassen. Das Anbringen von Post-its fand ich nämlich blöd.

Am nächsten Morgen stand ich spät auf. Ich hörte, wie die Frau von nebenan mit der Mülltüte die Wohnung verließ. Verschlafen klappte ich mein Handy auf, um nach der Uhrzeit zu sehen. Komisch – die Frau müsste doch längst bei der Arbeit sein ... Ich sah erneut auf das Display. Es war Sonntag. Obwohl es schon nach Mittag war, schienen die anderen Frauen alle noch tief zu schlafen. Mit dem Gedanken, dass es doch Sonntag sei, versuchte auch ich wieder einzuschlafen. Dass Menschen alle ähnlich leben beziehungsweise dass wir alle etwas gemeinsam haben, kam mir vertraut vor, zugleich aber auch fremd. Als ich aufwachte, war es wieder dunkel.

Da ich Durst verspürte, griff ich in den Kühlschrank, der an meinem Kopfende stand. Kein Wasser mehr. Mein Durst war so groß, dass ich mein Portemonnaie nahm und das Zimmer verließ. Aber meine Schuhe im Eingang waren weg. Der zweite Diebstahl. Ich war bestürzt. Das war jetzt ernst. Plötzlich kam mir der Gedanke, dass es jemand aus der Wohnung gewesen sein müsse. Ein Fremder hätte sich bestimmt nicht nur an meiner Unterwäsche vergriffen. Allerdings wussten wir natürlich auch untereinander nicht, wem welche Schuhe gehören. Hatte sich jemand einen Spaß erlaubt? Doch wer? Ich sagte mir, beim nächsten Mal drücke ich kein Auge mehr zu, und zog meine anderen Turnschuhe an, um zum Convenience Store zu gehen. Wenn Menschen, die unter einem Dach wohnen, sich indirekt des Diebstahls verdächtigen, ist das, ehrlich gesagt, peinlich und unangenehm. Sollte so etwas noch einmal passieren, würde ich die halbgesichtigen Frauen souverän dazu auffordern, mir Rechenschaft abzulegen. Von Angesicht zu Angesicht. Wir müssen reden, würde ich zu ihnen sagen. Ich würde ihnen sagen, dass es in dieser Wohnung zwar friedlich zugehe und soweit Ordnung herrsche, aber dass irgendetwas faul sei. Ich würde es nicht ihren Geräuschen oder Gerüchen sagen, sondern ihnen direkt ins Gesicht.

Nach dem zweiten Diebstahl ließ ich meine Sachen nicht mehr draußen. Trotz der hohen Luftfeuchtigkeit hängte ich die Wäsche bei mir im Zimmer auf, die Schuhe legte ich in Kartons unter den Schreibtisch. Da die Diebstähle im Flur und am Eingang vorgefallen waren, glaubte ich, so etwas könne sich jederzeit wiederholen, wenn man nicht penibel darauf achtete, die Wohnungstür geschlossen zu halten. Ein paar Tage war ich seelisch und körperlich extrem angespannt. Doch nach ungefähr zwei Wochen, in denen nichts weiter passierte, verging das von allein. Ich fing an, die Diebstähle weitgehend zu vergessen. Die Frauen produzierten weiterhin fleißig Geräusche. Sie gingen aufs Klo, zogen die Spülung, duschten, hörten Radio, sahen fern, wuschen ihre Wäsche, gingen ein und aus, räumten ihre Schuhe weg. Ab und zu schien jemand zu telefonieren, aber die Stimme war zu undeutlich. Dass ich mich im Convenience Store eingearbeitet hatte und manchmal betrunken heimkam, half auch.

Als ich eines Tages nach Hause kam, lagen die Schuhe, die mir gestohlen worden waren, plötzlich mitten in meinem Zimmer. Ich schrak zusammen und sah mich unwillkürlich um. Wer war das, fragte ich mich, wer war das? Hatte die Person die Schuhe wieder zurückgebracht, weil sie ihr nicht passten? Doch wie hatte sie die Tür aufbekommen? Und was war mit der Unterwäsche, wollte sie die behalten? Hatte eine betrunkene Person mein Zimmer mit ihrem verwechselt? Neulich hatte doch schon jemand versehentlich versucht, meine Tür aufzumachen, und ich hatte mich entsetzt von innen dagegengestemmt. Die Person hatte, glaube ich, irgendwelche Entschuldigungen gemurmelt und war von dannen getorkelt. Wer war das noch gleich gewesen? Ach ja, die von Zimmer Fünf. Oder die von Zimmer Zwei, die sauer gewesen war, dass ich Hand an ihre Wäsche gelegt hatte? Nein, sicher nicht. Die hat große Füße. Oder die von Zimmer Drei, die immer sofort die Boiler-Temperatur wieder höher stellt, wenn ich sie herunterstelle? Oder Nummer Vier? Nein, vielleicht doch Nummer Fünf. Oder doch die Zwei? Wollte sich vielleicht jemand mit mir anfreunden? Nein, das war unsinnig. Ich verdächtigte der Reihe nach jede einzelne meiner Mitbewohnerinnen.

Ich schaute auf meine Schuhe, die wie aus heiterem Himmel mitten im Raum lagen. Plötzlich fiel mir der Mann vom Schlüsseldienst ein. Ich dachte auch noch einmal über Souveränität nach. Man hatte mich ungerecht behandelt. Falls es jemand aus der Wohngemeinschaft war, musste ich das herausfinden. Denn irgendjemand hatte auch noch meine Unterwäsche. Ich nahm mir vor, am nächsten Tag alle vier Zimmer aufschließen zu lassen, nach meiner Unterwäsche zu suchen und die Täterin ausfindig zu machen. Draußen spuckte jemand beim Zähneputzen laut das Gurgelwasser aus.

»Ich habe meinen Schlüssel liegenlassen …«, rechtfertigte ich mich bei dem Mann vom Schlüsseldienst. Von den Frauen ist niemand da. Sie kommen erst am Abend zurück. Ohne jedes Misstrauen geht er auf meine Bitte ein. Wahrscheinlich, weil er schon einmal hier war und es diesmal ein anderes Zimmer ist. Weil ich ein schlechtes Gewissen habe, alle Zimmer zu durchwühlen, habe ich beschlossen, zunächst Zimmer Fünf, dessen Bewohnerin mir am verdächtigsten scheint, unter die Lupe zu nehmen. Falls sie es sein sollte, dann hätte ich den anderen drei gegenüber ein weniger schlechtes Gewissen. Sollte meine Unterwäsche nicht in Zimmer Fünf sein, werde ich bei einem anderen Schlüsseldienst anrufen und das Zimmer der nächstverdächtigen Frau aufschließen lassen. Das muss schnell und vorsichtig passieren, bevor sie heimkommen. Ich bin überrascht, wie leicht sich die Tür aufschließen lässt. Der Mann macht das gekonnt. Ich sehe ihm genau zu und bin überwältigt. Mit einem lebhaften Geräusch springt die Tür auf. Ich bezahle die Anfahrtskosten. Der Mann geht. Ich zögere kurz. Von der Baustelle draußen kommt nach wie vor lautes Bohren und Hämmern. Ich nehme all meinen Mut zusammen und mache die Tür weit auf. Ich habe das Gefühl, auf der Stelle zusammensinken zu müssen, sollten Schritte zu hören sein. Trocken schlucke ich.

Zimmer Fünf. Endlich sehe ich es. Ich werfe einen Blick hinein. Es enthält eine rosafarbene Kommode mit drei Schubladen, einen Minikühlschrank von *Gold Star*, der an der rechten Kante abgenutzt ist, eine elfenbeinfarbene Bettmatte mit einem schwärzlichen Fleck von Menstruationsblut und eine Decke mit Rosenmuster. Aus einer von den drei Schubladen lugen Socken oder T-Shirts heraus, sodass die Kommode klemmt und sich nicht ganz schließen lässt; im Regal neben dem Kühlschank stecken nur ein paar CDs und wenige Bücher. CDs von Taeji Seo, Hyuncheol Kim, Seungwhan Lee, von Nirwana, den Beatles und dergleichen. In der Mehrfachsteckdose neben der Tür steckt das Handyladegerät. Es leuchtet immer gelb zum Zeichen, dass es aufgeladen ist. Der Boden hat hier und da Brandflecken von Zigaretten.

Ich zucke zusammen wie vom Blitz getroffen. Mit zitternder Hand hole ich aus meiner Jackentasche meinen Zimmerschlüssel und laufe zu Zimmer Vier. Ich ertappe mich dabei, wie ich dort den Schlüssel ins Schloss stecke. Das Reiben von Metall an Metall, schließlich das Geräusch, wie der Schlüssel ins Loch fährt und einrastet. Ich versuche, mit meinem Schlüssel Zimmer Vier aufzuschließen. Er dreht sich seltsam leicht.

Klack. Die Tür geht auf. Das Zimmer enthält eine rosafarbene Kommode mit drei Schubladen, einen Minikühlschrank von *Gold Star*, der an der rechten Kante abgenutzt ist, eine elfenbeinfarbene Bettmatte mit einem schwärzlichen Fleck von Menstruationsblut und eine Decke mit Rosenmuster.

Aus einer von den drei Schubladen lugen Socken oder T-Shirts heraus, sodass die Kommode klemmt und sich nicht ganz schließen lässt, und im Regal neben dem Kühlschrank stecken nur ein paar CDs und wenige Bücher. CDs von Taeji Seo, Hyuncheol Kim, Seungwhan Lee, von Nirwana, den Beatles und dergleichen. In der Mehrfachsteckdose neben der Tür steckt das Handyladegerät. Es leuchtet immer gelb zum Zeichen, dass es aufgeladen ist. Der Boden hat hier und da Brandflecken von Zigaretten.

Dann zum dritten und zum letzten Zimmer. Ich muss feststellen, dass mein Zimmer den anderen von den Möbeln über die Kleidung, von den Accessoires und den Büchern bis hin zu den Brandflecken auf dem Boden auf haarsträubende Weise gleicht. Es gibt nicht die geringste Abweichung.

Als ich aufwache, befinde ich mich wieder in meinem Zimmer. Ich schaue auf die Uhr. Es ist einundzwanzig Uhr. Ich zucke zusammen, sehe noch einmal nach. Einundzwanzig Uhr. Gleich werden sie kommen, gleich kommen sie nach Hause. Ich möchte die Flucht ergreifen. Doch was, wenn ich sie treffe? Werden die Frauen merken, dass ich in ihren Zimmern war? Nervös bleibe ich in meinem Zimmer, ohne mich auch nur vom Fleck rühren zu können. Die Zeit vergeht so langsam, als wäre sie tot. Bald werden die Frauen kommen, eine nach der anderen, wie Zombies.

Die erste Frau, das bin ich. Ohne Licht zu machen, hocke ich zusammengekauert da. Ich hoffe, die später heimkommenden Frauen werden nicht merken, dass ich zu Hause bin.

Ein wenig später höre ich Schritte. Die Haustür geht auf.

Klack. Die zweite Frau kommt herein. Es ist alles gut, versuche ich mir einzureden, alles gut. Die Frau schlurft in Hausschuhen in ihr Zimmer. Ich fühle eine brennende Unruhe und bewege mich so wenig wie möglich. Der heutige Abend ist schrecklich still, an solchen Abenden nimmt man selbst die leisesten Geräusche wahr.

Klack. Die dritte Frau kommt nach Hause. Ich taste nach meinem Handy. Ich habe Angst, es könnte plötzlich laut klingeln. Die dritte Frau könnte dann wie ein Soldat, der im Gebirge auf einen Feind trifft, lautlos ein Messer in mich stoßen. Die Frau geht in ihr Zimmer. Ich bilde mir ein, dass jede der drei Frauen mir einen bösen Blick zuwirft, sobald sie an meinem Zimmer vorbeikommt. Die dritte Frau macht keinen Laut. Will sie denn heute kein Radio hören?

Klack. Die vierte Frau kommt nach Hause. Ich zucke zusammen. Ich fühle mich gehetzt. Ich greife zum Telefon. Es ist wirklich an der Zeit, jemanden um Hilfe zu bitten. Doch bei meiner Freundin, die seit kurzem einen Freund hat, ist bereits über eine Stunde lang besetzt. Hektisch presse ich die Taste für Wiederwahl. Höre die Ansage, dass die Person den Anruf nicht entgegennehmen könne, lege auf, drücke erneut Wiederwahl, höre wieder die Ansage. Schließlich läuft mir bei den Worten *Der Kunde kann Ihren Anruf zurzeit nicht entgegennehmen …* ein Schauer über den Rücken. Ich rufe jemand anders an. Sie geht nicht ans Telefon. Ich weite meinen Freundeskreis immer weiter aus und tippe wahllos Nummern. Doch seltsamerweise telefonieren alle gerade oder gehen nicht ran. Ich habe Angst. Unerträgliche Angst. In dem Moment, klack, das Geräusch der Wohnungstür. Es ist die fünfte Frau. Ich höre, wie sie über den Flur schlurft und die Klinke ihrer

Zimmertür hinunterdrückt. Ich habe das Gefühl, es zerreißt mir die Brust, ich möchte auf der Stelle hinausrennen und wild gegen die Türen der Frauen hämmern. Doch ich darf ihre Gesichter bis zuletzt nicht sehen. Gerade als die fünfte ihre Tür zumacht, geht eine Freundin ans Telefon. Sie ruft in die Leitung: »Hallo?« Ich erwidere: »Hallo!« Daraufhin fragt die Freundin: »Wer spricht da?« Erst da wird mir bewusst, dass ich gar nicht weiß, wen ich angewählt habe. Ich höre die Stimme, die erneut fragt: »Wer spricht da?« In meiner Verwirrung frage ich die Person, die eine Freundin, eine ältere Kommilitonin oder eine Freundin einer Freundin sein könnte, zurück: »Wer spricht da?« Am anderen Ende herrscht eine Sekunde distanziertes Schweigen. Aus Angst, die Person am anderen Ende der Leitung könnte auflegen, frage ich weinerlich immer wieder: »Wer spricht da? Wer hat da gesprochen?« Ich kann mich nicht erinnern, ob in den anderen Zimmern Grabesstille herrschte, als ich so in die Leitung rief, oder ob die vier Frauen in mein Zimmer gerannt kamen. Heute kann ich mich nur an Folgendes erinnern: Dass ich am nächsten Morgen zum ersten Mal eine Notiz an die Badezimmertür geheftet habe, und dass wenigstens eine aufmerksame Frau sie gelesen haben könnte: *Es tut mir leid. Ich hatte einfach Angst.*